Le koala tueur
et autres histoires du bush

Du même auteur
paru chez Autrement

En route, mauvaise troupe !, 2020.
Outback, 2019.
N'essayez jamais d'aider un kangourou et autres aventures imprévues du bush, 2018.
À toute berzingue, 2016.
Le Blues du troglodyte, 2015, 2021.
La Bête, 2014.
Le Trésor de la baie des orques, 2013.
L'Ivresse du kangourou et autres histoires du bush, 2012, 2022.
Le Vin de la colère divine, 2011.
La Vengeance du wombat et autres histoires du bush, 2010, 2021.
À coups redoublés, 2008.
Par-dessus bord, 2007.
Cinq matins de trop, 2006, 2022.

Kenneth Cook

Le koala tueur

et autres histoires du bush

Traduit de l'anglais (Australie)
par Mireille Vignol

Autrement Littératures

Titre original : *The Killer Koala : Humorous Australian Bush Stories.*

ISBN : 978-2-0804-8773-5

À Stuart Littlemore, avocat prodige

Préface

Kenneth Cook a toujours soutenu que ses histoires du bush étaient vraies mais si invraisemblables qu'il ne parvenait pas à les inclure dans ses romans. On peut certes le soupçonner (comme tout bon narrateur) d'avoir embelli ou enlaidi la vérité dans ces nouvelles, tandis qu'il la déguisait, pour la rendre plus crédible, dans le reste de son œuvre.

À propos de son roman *Par-dessus bord*, il affirmait par exemple que le protagoniste (un pêcheur dont il avait narré l'inexorable décadence avec la maîtrise d'un dramaturge grec ou d'un Nathaniel West) avait finalement réussi à se faire aider par un vieil original fortuné qui l'avait remis à flot. Mais comment être vraisemblable avec un tel *happy end* ? Il fallait terminer sur une touche de désespoir et éviter le conte de fées.

Pour ce qui est du cadre, la brousse australienne se prête à souhait aux aventures invraisemblables : paysages insolites, animaux bizarres, faune humaine excentrique, villes perdues et repaires d'indésirables cherchant à se faire oublier, scientifiques de tout poil absorbés dans des études de terrain et une population aborigène subtile régnant en maître sur son environnement.

Au-delà de la véracité putative de ces récits – dont la trilogie représente la dernière œuvre de Cook, *Le Koala tueur* en étant le premier acte –, et de leur indéniable valeur littéraire (chutes à la Maupassant, style dépouillé et percutant, drôlerie d'une plume tendre ou caustique), ils nous éclairent sur la personnalité de cet écrivain prolifique et surdoué. Nous découvrons un homme candide, sympathique, bon vivant, au raisonnement sain et absurde (on pense à Yossarian dans *Catch 22* de Joseph Heller), dont la curiosité et la générosité finissent toujours par l'emporter sur la lâcheté, mais le mettent systématiquement dans le pétrin.

L'engagement dont il a fait preuve transparaît aussi. Opposant farouche à la guerre du Vietnam, il avait même essayé de se lancer dans la politique (en créant un parti, rien de moins) et il était, avant l'heure, un ardent défenseur de la nature, qu'il savait particulièrement menacée par tous les animaux introduits en Australie et revenus à l'état sauvage – un thème qui revient souvent dans son œuvre.

Comme beaucoup de citadins australiens d'origine européenne, il entretenait une relation de haine et d'amour avec le bush. Mais Cook n'était pas un écrivain de salon, il écrivait d'expérience. Jeune journaliste pour la radio publique australienne (ABC), il était resté en poste dans des villes reculées où il a situé plusieurs de ses œuvres (*Cinq matins de trop* par exemple, ou *Vantage to the Gale,* son tout premier roman publié sous un pseudonyme car il ne maîtrisait pas encore assez l'art de déguiser la vérité).

Cook s'est lancé dans de nombreuses tentatives commerciales aussi originales que désastreuses. Il a, entre autres, créé le premier parc de papillons d'Australie (décor de « Vic, montreur de serpents », où il se présente comme le publiciste), monté une entreprise de production cinématographique pour lutter contre l'invasion du marché américain, employé trois de ses enfants dans son « usine d'écriture » abritée dans un restaurant – et il a aussi consacré beaucoup de temps à sillonner l'outback du pays, sur lequel il pose un regard aussi horrifié que passionné, aussi ulcéré qu'enthousiaste, mais dans ces récits, à coup sûr, profondément amusé.

Ce regard lui a parfois valu des critiques. L'Australie urbaine (agglutinée au littoral du pays, principalement au sud-est) et l'outback sont en effet deux contrées bien distinctes. La plupart des citadins, immigrés de plus ou moins longue date, avaient à l'époque de Cook le regard tourné vers l'étranger. Ils s'intéressaient à l'Europe, y voyageaient fréquemment, mais ils s'aventuraient rarement à l'intérieur de l'Australie. Ils connaissaient de l'outback ce que nous en connaissions à travers *Skippy le kangourou*. Guère plus.

Il faut reconnaître que les lycéens australiens qui ont étudié *Cinq matins de trop*, au programme du bac dans les années 1970 (ce roman publié en 1961 a connu un succès immédiat et fulgurant), n'ont certainement pas dû être tentés par une aventure à l'intérieur des terres. Lorsque la tendance fut à la découverte de l'outback, à la fin du XXe siècle, les romans de Cook avaient peu de chances de recevoir l'aval de l'office de tourisme.

Après de longues années pendant lesquelles l'Australie avait un peu boudé cet auteur et l'image difficile qu'il lui renvoyait, Cook avait renoué avec le succès grâce à ces récits comiques. Mais, ironie du sort et preuve qu'il disait la vérité sur les dangers de l'outback, Kenneth Cook succomba à une crise cardiaque foudroyante alors qu'il campait dans le bush, au bord d'une rivière. C'était en 1987, il avait cinquante-sept ans et effectuait la promotion de son deuxième recueil d'histoires du bush, *La Vengeance du wombat.* La troisième partie de la trilogie, *L'Ivresse du kangourou*, fut publiée à titre posthume.

Un conseil, enfin, lorsque vous aurez lu ces récits : relisez-les, mais à voix haute, à des enfants, des amis, votre chéri(e) ou de la famille… et si vous brodez un peu en les racontant, à mon avis, Kenneth Cook ne se retournera pas dans sa tombe.

Mireille Vignol

Alcool et serpents

— Y a deux choses qui font pas bon ménage, proféra Blackie d'un ton pédant : l'alcool et les serpents.

L'idée de mélanger les deux ne m'avait jamais traversé l'esprit, mais j'acquiesçai gravement. Acquiescer gravement est l'une des rares réactions possibles quand on parle avec des montreurs de serpents, car tout dialogue est exclu : ils vous racontent des histoires de reptiles, un point c'est tout.

Blackie était montreur de serpents ambulant. Il se déplaçait dans un énorme camion de déménagement avec des panneaux latéraux en bois. Dès qu'il trouvait des spectateurs payants – école ou complexe touristique –, il démontait les panneaux pour révéler une cage vitrée de la taille d'une grande pièce, où grouillait une centaine de reptiles. Les espèces variaient du taïpan ou du *king brown*, tous deux mortels, aux pythons arboricoles inoffensifs.

Comme tous les montreurs de serpents que j'ai croisés, Blackie était d'une maigreur cadavérique, crasseux, extrêmement miteux et je ne lui avais jamais connu d'autre nom. Je crois qu'on l'appelait Blackie parce qu'il aimait beaucoup les *black snakes*, les serpents noirs, ou alors parce que ses yeux étaient d'un noir de jais – je n'ai rencontré personne avec des yeux aussi sombres. On aurait dit que ses énormes pupilles avaient évincé ses iris ; en les regardant attentivement, on parvenait tout juste à distinguer le flou du contour. J'éprouvais souvent un malaise à fixer les deux taches rondes et obscures de ses yeux moites et injectés de sang (tous les montreurs de serpents que j'ai connus avaient les yeux moites et injectés de sang – sans doute une conséquence des nombreuses morsures dont ils sont victimes).

J'avais fait la connaissance de Blackie juste au nord de Mackay, dans le Queensland, car on campait ensemble sur une petite plage peu connue qui s'appelle l'Erreur de Macka, allez savoir pourquoi.

J'essayais de boucler un roman, Blackie bricolait le système de climatisation compliqué de son camion, et après une quinzaine de jours ensemble, nous nous étions liés d'amitié.

L'excellent savoir-faire et la décontraction de Blackie envers les reptiles avaient fini par déteindre sur moi. J'allais souvent discuter avec lui dans son vivarium, assis sur une bûche, tandis que, tout près de nous, des serpents mortels nous lançaient des regards engourdis ou rampaient avec grâce et lenteur pour fuir la fumée de nos cigarettes.

De temps en temps, quand un serpent brun, noir ou vert glissait tranquillement près de mon pied, Blackie disait : « Reste assis et bouge pas. Si tu bouges pas, il te mordra pas. » Je ne bougeais pas et le serpent ne me mordait pas. C'est ainsi qu'au bout de quelques jours je fus plus ou moins à l'aise en compagnie des reptiles, à condition que Blackie soit avec moi.

Rien n'aurait pu me faire entrer dans le vivarium sans lui ; j'étais convaincu qu'il réussissait à parler à ses bêtes, ou, en tout cas, à communiquer avec elles de manière à se faire comprendre. L'idée fantasque que du sang de serpent coulait peut-être dans les veines de Blackie me sembla même parfois envisageable. Ou alors que le venin qu'il avait assimilé parvenait à lui donner une connivence avec les créatures. Par ailleurs, sachez que les serpents ont, eux aussi, les yeux noirs : ce fait ne m'avait pas échappé et me laissait songeur. Le seul autre campeur de la plage de Macka s'appelait Alan Roberts : un photographe grassouillet et sympathique qui avait planté sa tente pour étudier les oiseaux marins. Blackie et lui venaient généralement boire un coup dans mon camping-car en fin de journée.

Pas plus tard que la veille, Blackie nous avait exposé les dangers inhérents au mélange serpents et alcool, une conversation qui avait naturellement pris place autour d'une bouteille de whisky. Quand je lui rendis visite, le lendemain matin, je fus donc fort déconcerté de le découvrir sans connaissance à l'intérieur de son propre vivarium, deux bouteilles de whisky vides à ses côtés, le corps couvert de serpents venimeux.

Les reptiles ne bougeaient guère, ils semblaient apprécier la chaleur du corps inerte de Blackie. Je le présumais vivant car ses ronflements faisaient vibrer les vitres, mais aucun indice ne me permettait de savoir s'il était dans le coma parce qu'il avait été mordu, simplement ivre mort, ou un mélange des deux.

D'après ce que je parvenais à voir des serpents qui se prélassaient sur son corps, je comptais : un taïpan (radicalement mortel), deux *king browns* (presque aussi mortels), une vipère de la mort (indiscutablement mortelle), trois *black snakes* (mortels) et un python diamant (inoffensif).

Mon premier réflexe fut de prendre mes jambes à mon cou et de hurler au secours, mais il n'y avait personne en vue, et si Blackie sursautait ou se retournait dans sa torpeur éthylique ou moribonde, au moins sept serpents venimeux risquaient de plonger simultanément leurs crochets dans sa peau. Les quatre-vingts ou quatre-vingt-dix autres bêtes, venimeuses à divers degrés, ne manqueraient pas de suspendre leur paisible sieste pour se joindre à la mêlée. Les chances de survie de Blackie seraient alors minimes.

Je savais que la porte du vivarium n'était jamais verrouillée. Elle était généralement protégée par un volet de bois, il m'était donc possible d'entrer. Mais le voulais-je vraiment ?

Dans son état actuel, je ne pouvais pas compter sur Blackie pour nous protéger. Me trouver avec lui serait pire que d'être seul. Une voix intérieure, perfide, me murmurait qu'il valait mieux m'enfuir et laisser Blackie se réveiller naturellement. Les serpents le connaissaient et il adopterait sans doute instinctivement l'attitude appropriée à leur égard.

Malheureusement, la voix traîtresse manquait de conviction. Par ailleurs, s'il avait déjà été mordu, il avait besoin de soins médicaux urgents.

Je cherchai une arme des yeux et repérai un râteau sous le camion ; Blackie l'utilisait pour nettoyer le vivarium. Je le saisis et ouvris la porte avec prudence et une lenteur extrême. Plusieurs serpents me séparaient de Blackie. Je n'étais pas sûr de leur espèce, mais ils avaient tous l'air mortels. Je les poussai gentiment du bout du râteau et tous, sauf un, rampèrent à contrecœur de l'autre côté de la cage, sans autre intention que celle de se rendormir. L'exception, un gros *king brown*, se dressa et se mit à siffler, rejetant la tête en arrière, prêt à frapper. Je connaissais alors suffisamment les serpents pour savoir que, tant que l'équivalent d'une longueur de son corps me séparait de ses crochets, il ne pouvait pas m'atteindre. Je savais aussi que si je passais à côté de ce serpent pour arriver jusqu'à Blackie, j'étais dans son rayon d'attaque.

Je le taquinai une nouvelle fois avec le râteau et il frappa. Le choc des crochets contre les dents de métal carillonna faiblement. Blackie m'avait averti que ce n'était pas bon pour leurs crochets. Je m'en fichais bien. Comme je le poussais encore, il se mit à ramper en direction de Blackie, lui grimpa sur le dos et s'y lova en me jetant un regard menaçant. Il semblait bien plus énervé qu'avant ; j'attribuai cela à son mal de dents. Les reptiles qui utilisaient déjà Blackie comme matelas s'agitèrent, mais restèrent au même endroit.

Un serpent noir se détacha d'un groupe proche du mur et s'avança vers moi. Je lui assénai un coup de râteau et il se retira, sans doute mortellement blessé. Encore une fois, je m'en fichais royalement.

Le *king brown* sifflait comme un tuyau à vapeur percé, ce qui agaça prodigieusement la vipère de la mort. Elle s'écarta en passant sur la tête inerte de Blackie. Il restait huit serpents sur son corps, dont sept au venin hautement toxique.

Je poussai timidement le *king brown*, qui se redressa, sans frapper. Le mouvement dérangea le python diamant qui partit pour un coin plus tranquille. Ce qui ne m'avançait guère puisque lui seul était inoffensif.

D'autres *black snakes* se mirent à longer les murs et je songeai soudain que j'avais laissé la porte ouverte. Il n'était pas impossible que, dans quelques minutes, la population entière du vivarium envahisse la plage de l'Erreur de Macka. J'aurais préféré les laisser s'enfuir plutôt que de les garder emprisonnés avec moi, mais je n'avais pas envie qu'ils m'attendent dehors si je réussissais à y traîner le corps de Blackie. Je tapai par terre avec le râteau, devant eux. Ils s'arrêtèrent, analysèrent le phénomène et battirent en retraite. Je me dirigeai vers la porte et la poussai ; elle était presque fermée.

Quelle maxime Blackie utilisait-il systématiquement à propos des serpents ? « Ils te mordront jamais si tu les traites avec douceur et lenteur. » J'observai les oscillations, sifflements et agitations de langue fourchue du *king brown* et décidai de répudier la maxime. Si seulement il s'était décidé à quitter le dos de Blackie, j'aurais peut-être pu dégager les autres avec douceur et lenteur.

Mais ce *king brown* ne manifestait aucune intention de s'en aller et je l'avais excédé à tel point que le moindre mouvement de Blackie – un frémissement d'oreille par exemple – suffirait à déclencher une attaque. J'étais terrifié, je dégoulinais de sueur et le manche du râteau me glissait entre les doigts. Mon corps emmagasinait une telle tension que si je ne parvenais pas à résoudre la situation dans les plus brefs délais, j'allais à coup sûr m'effondrer ou m'enfuir du vivarium en pleurant.

Au diable l'approche lente et délicate, décidai-je, il est également possible de les traiter avec violence et rapidité. Je brandis le râteau vers le *king brown* avec la ferme intention de le décapiter si la possibilité s'offrait à moi. Il esquiva le coup. Le râteau rata. Le serpent frappa, s'empêtra dans les dents de l'outil et s'y coinça au bout. Quand je levai le râteau, le *king brown* trouva rapidement ses repères, s'entortilla autour du manche et se dirigea vers mes mains. Une réaction viscérale me fit lancer l'outil. Qui atterrit en plein sur le dos de Blackie et produisit une frénésie d'activité chez les serpents.

Par chance, ils eurent tous l'impression de se faire attaquer par d'autres serpents. Ils se dressèrent et se menacèrent les uns les autres. Puis, essayant vraisemblablement de se réfugier dans des lieux plus sûrs, ils glissèrent du dos de Blackie pour rejoindre les parois de la cage. Un seul, le taïpan, préféra se diriger vers moi.

Je n'avais plus qu'à adopter la procédure habituelle et rester absolument immobile en espérant qu'il ne remarquerait pas mes tremblements incontrôlables. Il poursuivit son chemin jusqu'à l'entrée.

Il ne restait qu'un serpent sur Blackie, qui n'avait toujours pas bougé. Il me sembla possible de le réveiller sans danger.

— Blackie ! m'écriai-je en le poussant du pied.

Pas un geste.

— Blackie ! hurlai-je en lui assénant un bon coup de pied dans les côtes.

Aucune réaction.

L'alerte était donnée, tous les serpents étaient sur le qui-vive, mais enclins à rester près des parois. Le seul problème immédiat demeurait le taïpan, proche de la porte presque fermée. N'ayant pas la moindre chance de réveiller Blackie, je décidai de l'attraper par les épaules. Il se tourna sur le côté et rota. Le souffle chargé d'alcool qui s'échappa fut d'une telle nocivité qu'il me rappela l'haleine d'un chameau. Le râteau était toujours sur son dos. Je le pris d'une main et, de l'autre, attrapai Blackie par le col.

Son col me resta entre les doigts. Je le saisis par quelques touffes de cheveux épars, mais il n'y en avait pas assez pour pouvoir le tirer. Je m'agrippai au dos de sa chemise. Un gros morceau se déchira, révélant un dos cagneux, crasseux et jaunâtre. Il ne restait plus grand-chose à quoi s'accrocher, je lui pris donc la main et me mis à tirer. Fort heureusement, la main resta soudée au reste de son corps.

Blackie ne pesait pas bien lourd et je le traînai facilement en brandissant le râteau contre le taïpan qui gardait la porte, tout en restant terriblement conscient de la mer de reptiles à ma droite, à ma gauche et derrière moi.

Un python-tapis, espèce peu dangereuse, rampa trop près de mon pied droit ; je lui balançai un coup de râteau par pure méchanceté. J'étais près de la porte, hors d'atteinte du taïpan, qui ne semblait aucunement décidé à bouger. Je l'asticotai avec le râteau, mais il esquiva l'outil avec mépris et resta au même endroit, oscillant lentement, les yeux fixés – j'en étais persuadé – sur ma gorge découverte, palpitante et nue.

J'aurais sans doute cédé au désespoir, qui m'incitait à jeter Blackie sur le taïpan, mais il est difficile de jeter un homme où que ce soit quand on le traîne par la main.

Il va sans dire que je hurlais au secours depuis plusieurs minutes. L'assistance se concrétisa en la personne du photographe Alan Roberts qui, après avoir observé la situation par la vitre, ouvrit brutalement la porte pour voler galamment à ma rescousse.

Le taïpan reçut un violent coup de porte en plein sur la nuque et se retrouva coincé en sandwich contre le mur. Je franchis le seuil en traînant Blackie derrière moi.

— Mais nom de Dieu, qu'est-ce que... ? demanda Alan.

Blackie s'était débrouillé pour se coincer sur les marches du vivarium. Le taïpan, apparemment indemne, était très proche de sa cheville nue et l'inspectait avec curiosité. Heureusement, les autres serpents grouillaient à une certaine distance de là et sifflaient entre eux.

— Aide-moi à le sortir ! haletai-je.

Reproduisant mon numéro antérieur, Alan essaya de tirer Blackie par le col, les cheveux et le dos de la chemise, se retrouva avec de pleines poignées de col, de cheveux et de dos de chemise, et finit par l'attraper par son autre main. On le remorqua ensemble en fermant la porte au nez du taïpan, qui désirait ardemment nous suivre.

Par terre, Blackie formait un tas dépenaillé. Je m'adossai contre la vitre et tentai de me remettre à respirer, chose que j'avais, semble-t-il, omis de faire depuis un certain temps.

— Il a été mordu ?

— J'en sais rien, gémis-je. Appelle une ambulance.

Alan, homme compétent et peu enclin aux questions superflues, partit immédiatement. Mais Blackie se remit sur pieds d'un bond (comme un couteau à cran d'arrêt), ouvrit la porte de la cage et entreprit d'y retourner.

Nous le saisîmes par les épaules et refermâmes la porte.

— Blackie ! hurla Alan. Mais ça va pas la tête ?

Blackie, immobilisé, fixait la porte fermée d'un air perplexe.

— Il est très soûl, expliquai-je. Je sais pas s'il a été mordu. Je commençais à en douter. Il me semblait improbable qu'on puisse aussi rapidement s'extirper d'un coma d'empoisonnement par venin. D'ailleurs, sortait-il même d'un coma ?

— Blackie, lui dis-je. T'es conscient ? Est-ce que t'as été mordu ?

Il voulut s'éloigner ; nous le relâchâmes. Son regard se promena sur nous, de l'un à l'autre, comme s'il essayait de se rappeler qui nous étions.

— Blackie ! répétai-je. T'es conscient ? Est-ce qu'un serpent t'a mordu ?

Il se concentra sur moi et répliqua avec le plus grand mépris :

— Les serpents ne me mordent pas.

— Je pense qu'il est seulement soûl, glissai-je discrètement à Alan avant de me tourner vers Blackie. Tu ferais mieux de venir t'allonger un peu dans mon camping-car.

— Sûr, répondit-il, je vais m'allonger, mais là-bas.

Et il essaya de repartir dans le vivarium. Nous nous efforçâmes de le retenir.

— Allons, Blackie, viens dormir dans le van.

C'est alors qu'il remarqua ses créatures adorées, certaines lovées et prêtes à l'attaque, d'autres s'agitant en tous sens, gesticulant et sifflant.

— Il est arrivé quelque chose à mes serpents ! rugit-il en essayant à nouveau de se dégager de notre emprise.

— Blackie… Blackie, dit Alan, calme-toi. Tu as bu quelques canons…

— … 'videmment j'ai bu quelques canons. C'est interdit peut-être ?

— Bien sûr que non, Blackie, répondis-je d'un ton conciliant, mais t'es tombé dans les pommes et t'avais des serpents partout sur le corps. On a dû te traîner en dehors de la cage.

Il m'examina attentivement.

— C'est pour ça que mes serpents sont contrariés.

— Exactement.

Blackie réfléchit.

— Dans ce cas, lâcha-t-il après un certain temps, tu pensais sans doute bien faire. Mais je te préviens, t'avise pas de recommencer. Et le misérable se dégagea et tenta une nouvelle fois de réintégrer la cage. Alan et moi pouvions facilement le retenir, mais pas indéfiniment.

— Écoute-moi bien, maintenant, lui dis-je d'un ton sans appel, tu vas venir dormir quelques heures dans mon van et tu reviendras voir tes serpents après.

— Je veux les voir tout de suite, répliqua Blackie. Laissez-moi tranquille.

Nous le lâchâmes, mais Alan se glissa devant la porte. Blackie réfléchit à ce nouvel obstacle.

— Je veux retourner dans la cage, dit-il d'une voix basse et menaçante.

— Calme-toi, Blackie, suggéra Alan, raisonnable.

Blackie lança un coup de poing à l'aveuglette, complètement inefficace. Alan et moi échangeâmes un regard impuissant. Je mimai le mot « police ? » dans le dos de Blackie et Alan approuva, à contrecœur.

— Tu peux le maintenir hors de la cage ? lui demandai-je.

— Oui, répondit Alan sans hésiter. Je l'en croyais effectivement capable. Blackie était bien trop soûl pour être un adversaire dangereux.

Le problème, c'est que j'ignorais où trouver un téléphone. Si ça se trouvait, j'allais devoir aller jusqu'à Mackay, à quatre-vingts kilomètres.

Je fonçai à une vitesse incroyable en direction de l'autoroute et fus ravi de croiser une patrouille de police vers la jonction. Je la poursuivis en klaxonnant furieusement jusqu'à ce qu'elle s'arrête. Bondissant de mon camping-car, je courus vers la voiture. Deux policiers du Queensland, tous deux solennels, gros, le visage rubicond, sans un gramme d'humour et d'âge éternellement moyen, me lancèrent un regard impassible.

— Est-ce que vous pouvez me suivre, s'il vous plaît, dis-je d'une voix essoufflée. Un ami à moi est très soûl et il veut coucher avec ses serpents.

La pause qui suivit s'éternisa.

— Quoi ? finirent par demander les deux policiers à l'unisson.

— Un ami à moi est très soûl et il veut coucher avec ses serpents, répétai-je, mais cette fois-ci, en comprenant le sens de mes paroles.

Une autre pause s'éternisa.

— Pourriez-vous nous donner quelques précisions, monsieur ? me pria le conducteur.

En dépit des circonstances, je m'épatai du talent des policiers pour utiliser le mot « monsieur » comme une insulte.

— Oh zut, c'est trop compliqué à expliquer ! Est-ce que vous pouvez me suivre, s'il vous plaît ? C'est urgent.

Je me dis qu'ils allaient sans doute venir, même si ce n'était pas forcément pour la raison que je leur avais exposée. J'avais vu juste. Ils me suivirent et, en arrivant à l'Erreur de Macka, nous trouvâmes Blackie épinglé au sol par les genoux d'Alan Roberts. Le vivarium était toujours en proie à un tourbillon d'activité. Blackie hurlait des obscénités avec une éloquence remarquable.

Je n'irais pas jusqu'à dire que les policiers portèrent la main à leur revolver, mais ils n'en étaient pas loin. Il aurait été trop compliqué de tout leur expliquer, je fis donc un signe en direction de l'étrange tableau que formaient Blackie et Alan devant la cage.

— Que se passe-t-il donc ? demanda l'un des agents.

Blackie cessa de crier quand il repéra les uniformes. Relâché par Alan, il se leva, observa la situation, puis me lança un regard plein de reproches incrédules.

— T'as appelé les flics, m'accusa-t-il.

— Mais enfin, que se passe-t-il ? répéta le policier.

Blackie s'épargna la nécessité d'une explication en essayant maladroitement de donner un coup de poing dans le nez de l'agent. Ils l'embarquèrent à Mackay pour ivresse sur la voie publique.

Avec Alan, nous attendîmes toute la journée et quand nous jugeâmes qu'il était suffisamment dégrisé, nous le fîmes sortir du poste.

Blackie resta silencieux pendant la moitié du trajet, puis explosa soudain et me demanda d'une voix larmoyante :

— Comment t'as pu me faire une chose pareille ?

On lui expliqua le déroulement des événements.

— C'est vrai ?

— Tout ce qu'il y a de plus vrai, Blackie. On avait pas d'autre choix.

— Je vois bien. C'est drôle, j'en ai pas le moindre souvenir.

J'eus le tact de ne pas mentionner les deux bouteilles de whisky vides.

— Je vous dois des excuses, dit Blackie. Mais en fin de compte, ça prouve que je disais vrai : l'alcool et les serpents font pas bon ménage.

La vie sexuelle des crocodiles

Je remercie Mère Nature pour les nombreux phénomènes qu'elle nous offre, dont l'un des plus étranges est sans nul doute l'exténuante vie sexuelle des crocodiles.

Je m'en aperçus lors d'un voyage sur l'East Alligator River, qui longe la terre d'Arnhem, dans le territoire du Nord. Roger Huntingdon, professeur d'une quelconque science naturelle de l'université de Sydney, avait obtenu une bourse de recherche pour étudier les grands crocodiles d'estuaire du nord de l'Australie : il m'avait invité à l'accompagner. J'avais une connaissance limitée des crocodiles, et seulement les espèces d'eau douce, hormis un spécimen d'eau de mer rencontré dans de pénibles circonstances, après sa mort. L'offre de Roger m'avait semblé intéressante ; je l'avais acceptée.

Petit homme mince et barbu aux cheveux en broussaille, Roger avait une quarantaine d'années. Ses yeux pétillaient d'intelligence au-dessus d'un grand nez crochu. Il me faisait penser à un perroquet barbu – une ressemblance accentuée par son habitude de porter des chemises à fleurs bariolées. S'exprimant d'une voix aiguë et exaltée, il avait tendance à s'enthousiasmer facilement. Il n'en restait pas moins un compagnon de voyage sympathique et fort bien informé.

Il ne prenait guère de place dans le bateau, un détail appréciable car ce n'était pas mon cas – on me qualifie parfois d'obèse, mais je me considère comme simplement corpulent, une centaine de kilos, disons –, et nous transportions tout un équipement radio destiné à être fixé aux têtes de crocodiles coopératifs afin de pouvoir suivre leurs déplacements. Nous avions aussi de nombreux filets et cordes pour capturer et ligoter certains crocodiles avec l'aide de groupes d'Aborigènes que nous embaucherions selon nos besoins. En comptant la demi-tonne de nourriture et d'alcool également à bord, la ligne de flottaison de notre bateau était dans l'ensemble assez basse.

L'aventure s'annonçait réjouissante pendant la descente de l'Alligator ; nous fendions les frangipaniers sauvages qui flottaient à la surface de l'eau bleu-vert-brun sous le regard des dingos et des buffles postés sur les rives escarpées.

Roger, passionné de crocodiles, déplorait qu'ils aient été longtemps chassés sans répit pour leur cuir. Heureusement, ils étaient maintenant classés au nombre des espèces en voie de disparition et les chasseurs potentiels s'exposaient à de lourdes amendes. Par conséquent, leur nombre était en augmentation, tout comme la fréquence des attaques sur le bétail et sur les Aborigènes.

— Et même deux Blancs, des chauffeurs de camion, près de Broome, se réjouit Roger. Ils dormaient près de leur véhicule et tout ce qu'on a retrouvé, c'est la marque de leurs ongles dans la terre jusqu'à la rivière où la bête les a traînés. Il s'agissait sans doute d'un crocodile géant. Naturellement, ajouta-t-il avec pondération, ce n'est pas de chance pour ces pauvres gens, mais il ne reste pas moins encourageant de penser que le nombre de crocodiles est en hausse dans cette région.

Les enthousiastes ne sont pas des gens comme les autres. Ils ne sont ni meilleurs ni pires : simplement différents.

Nous étions partis depuis deux ou trois heures quand Roger repéra un emplacement propice à abriter des crocodiles d'estuaire. Il s'agissait d'une trouée dans une falaise qui s'ouvrait, semble-t-il, sur un petit lagon.

— C'est le genre d'endroit qu'ils privilégient pour se reproduire, annonça Roger en dirigeant notre embarcation dans la brèche.

— Ne devrait-on pas embaucher un groupe d'Aborigènes avant de partir à la recherche de crocodiles ? demandai-je d'un ton léger.

Après tout, Roger était un expert ; il savait ce qu'il faisait.

— Autant repérer les crocodiles avant de dépenser notre argent, répondit-il.

Sur le coup, ça me parut tout à fait raisonnable.

Nous nous faufilâmes dans la trouée. Il y avait très peu d'eau, au départ, environ jusqu'aux genoux, mais la noirceur qui suivit indiquait une profondeur insondable. Nous arrivâmes alors dans un bras de décharge de la taille d'un stade de foot, encerclé de hautes falaises abruptes. Il y avait une seule petite plage, sur laquelle se prélassait bien sûr un crocodile d'environ trois mètres de long.

— Charmant ! Quelle chance nous avons, s'exclama Roger tandis que la bête se glissait hâtivement dans l'eau. Une belle femelle. Je parie que le mâle n'est pas loin.

Jetant un regard incertain sur l'eau noire et le maigre bord de notre vaisseau, je me demandai si notre chance n'était pas un chouïa compromise.

— Bien, dis-je d'un ton catégorique, il est temps d'aller chercher notre groupe de vaillants Aborigènes, n'est-ce pas ?

— Je veux juste jeter un coup d'œil sur la plage. Il doit y avoir des traces qui m'indiqueront ce qui s'y passe.

L'eau noire attira à nouveau mon regard. Je tendis ensuite le bras vers mes affaires personnelles et en retirai mon fusil automatique.

— Tu n'en auras pas besoin, me lança impatiemment Roger. D'ailleurs, tu sais, il est illégal de tirer sur les crocodiles.

— C'est juste pour me rassurer, répondis-je en vérifiant qu'il était chargé.

Roger accosta sur la petite plage, nous descendîmes et examinâmes le sable. Il était couvert de longs creux peu profonds laissés par la queue des crocodiles, avec des traces de pattes de chaque côté.

— Saperlipopette, il y a au moins quatre femelles, s'extasia joyeusement Roger. Et regarde ça, le mâle doit être énorme, dit-il en me montrant des traces bien plus larges que les premières. Il doit faire six ou sept mètres de long.

— Bon, alors on va chercher ces Aborigènes et au boulot, hein ? dis-je en jouant avec mon fusil.

— Rien ne presse. Laisse-moi t'expliquer comment se passent les choses : le mâle trouve un endroit comme celui-ci, puis il attend qu'une femelle passe et quand elle arrive, il la force à entrer et il la piège. À la fin de la saison des amours, il peut avoir emprisonné une dizaine de femelles.

— Et que fait-il en ce moment ? Il nous observe du fond de l'eau ?

— Ça m'étonnerait, dit Roger. Il attend sans doute une autre femelle dans la rivière principale.

— Qu'est-ce qui te fait dire ça ?

— Eh bien, s'il était ici, il aurait sans doute manifesté sa présence. Les mâles ont tendance à être un peu agressifs pendant la reproduction.

Je réfléchis à cela.

— Roger, lui dis-je en articulant bien, étant donné le fait que nous nous trouvons dans une toute petite embarcation ridiculement surchargée, que nous sommes entourés de falaises qu'un lézard peinerait à escalader, dans un lagon infesté de femelles crocodiles avec un mâle en rut qui peut rentrer à tout instant – compte tenu de tout ça, tu ne crois pas que nous devrions nous magner de foutre le camp ?

Roger m'observa en fronçant les sourcils.

— Tu sais, tu n'as peut-être pas tort, concéda-t-il. Ça pourrait devenir dangereux.

À mon grand soulagement, nous quittâmes donc la plage en direction de la brèche qui menait à la rivière.

— Mais quelle belle trouvaille ! s'émerveilla Roger. Nous reviendrons avec de l'aide et nous poserons des filets partout…

Nous étions pratiquement à l'entrée du lagon quand il nous explosa à la figure. D'énormes quantités d'eau s'envolèrent haut vers le ciel. Nous étions vaporisés par de vastes nuées. De petites vagues firent dangereusement tanguer notre vaisseau. D'étranges formes noires grouillaient dans les turbulences de l'eau devant nous, tandis qu'on entendait une succession de vagissements insupportables qui semblaient émaner d'une créature d'un autre monde.

Roger adopta la seule solution envisageable et fit demi-tour : un cuirassé aurait hésité à pénétrer dans ce maelström.

— Nom de Dieu, qu'est-ce que c'est ? demandai-je, alors que je n'avais guère de doute.

— Des crocodiles qui se reproduisent, s'enthousiasma Roger. Il vient de piéger une autre femelle et il la mate. Il est obligé de le faire à l'entrée, dans les eaux peu profondes.

Roger arrêta le bateau en plein milieu du lagon et nous étudiâmes le nid d'amour aquatique. On ne voyait pas grand-chose, à part de vastes volumes d'eau éclaboussant la surface. Comme si on avait plongé un énorme mixer électrique à l'entrée du lagon. Seule preuve de la présence des crocodiles : la vision momentanée et très occasionnelle d'une énorme forme noire qui battait l'eau. Ils s'en donnaient manifestement à cœur joie.

Roger cherchait son appareil photo.

— Quelle chance, quelle chance ! babilla-t-il. Je crois qu'on n'a jamais observé ça jusqu'à aujourd'hui – pas en Australie.

— Et ça leur prend combien de temps ? demandai-je, par souci pratique.

— Je n'en sais rien, gazouilla Roger. C'est toute la beauté de l'affaire : c'est ce qu'on va apprendre.

— Oui, mais, enfin, à peu près... on compte en minutes, une demi-heure ou quoi ?

Roger mitraillait avec son appareil photo.

— Je n'en sais vraiment rien. Beaucoup d'animaux s'accouplent pendant au moins une heure.

Un vagissement abominable gronda sur le lagon et se répercuta sur les parois des falaises.

— Le magnétophone, grommela Roger. Mais où l'ai-je donc fourré ?

— Roger, lui dis-je gentiment, comment penses-tu que nous allons sortir d'ici ?

— Impossible avant qu'ils aient fini. Nous devons prendre un maximum de photos et enregistrer ce que nous pouvons. Nous avons vraiment une veine inouïe.

— Roger, dis-je en m'efforçant de parler d'une voix égale et basse, il est impossible de sortir. Rien ne pourrait traverser cet ouragan de fureur reptilienne et je suis quant à moi totalement incapable d'escalader ces putains de falaises.

Réalisant enfin l'ampleur de ma déroute, Roger cessa de tripatouiller son magnétophone et me fixa de son vif regard d'oiseau.

— Tu ne te sens pas mal à l'aise quand même ?

Planté à l'arrière du bateau, je tenais le fusil contre mon cœur, tandis que mon abondante chair frémissait d'effroi.

— Mal à l'aise ? Mais je suis mort de trouille nom de Dieu !

Roger m'examina en silence, puis il hocha la tête, désarmé.

— Ça, c'est pas de chance, me dit-il. Parce que de toute façon, on est coincés ici, alors autant en profiter pour apprendre le maximum de choses.

Puis il se préoccupa de son magnétophone. Je vous avais prévenu : les enthousiastes ne sont pas comme les autres.

— Roger, lui dis-je. Tu penses pas qu'on pourrait peut-être retourner sur la plage ? C'est pas pour dire, mais si ces sales bêtes augmentent la passion d'un cran, les remous vont nous faire chavirer, sans parler de ce qui se passera si elles s'approchent de nous.

Roger apprécia ma logique et après avoir pris quelques clichés supplémentaires et enregistré plusieurs minutes de vagissements et de ploufs, il mena le bateau sur la plage.

J'insistai pour que nous le tirions pratiquement jusqu'au pied de la falaise.

— Pourquoi ? me demanda Roger.

— Pour qu'on puisse se réfugier derrière si les crocodiles décident de nous rejoindre sur la plage.

— Ce n'est guère probable. Mais, enfin, c'est sans doute une sage précaution.

Accroupis derrière le bateau sous le ciel du nord, chaud et bleu, nous attendîmes. Moi, agrippé à mon fusil, tandis que Roger photographiait les ébats frénétiques des crocodiles. J'espère qu'ils auront sommeil après tant d'efforts, pensai-je.

— Pourquoi un tel raffut ? demandai-je à Roger. On n'a pas l'impression qu'ils prennent particulièrement leur pied.

— Non, dit Roger en retrouvant son style pédant. La femelle est apparemment très réticente. Le mâle est obligé de la forcer et elle se débat de toutes ses forces. C'est sans doute un processus de sélection naturelle qui vise à s'assurer que seuls les mâles les plus gros et les plus forts parviennent à féconder la femelle. En réalité, la copulation chez les crocodiles équivaut à un viol, ni plus ni moins.

Une rapide succession de vagissements encore plus forts s'échappa du site de reproduction. J'en conclus que le mâle était arrivé à ses fins ou que la femelle était parvenue à le rejeter. L'un ou l'autre, car l'eau était soudain redevenue assez calme.

— Je me demande où il va aller maintenant, s'interrogea Roger.

Il n'eut pas à se le demander longtemps. La créature émergea de l'eau à une trentaine de mètres de notre emplacement. Elle était gigantesque. Nous ne distinguâmes d'abord que la tête, d'un brun noir marbré, suintant et luisant au soleil, les yeux d'une méchanceté inquiétante impitoyablement braqués sur moi, les crocs énormes à peine visibles sous les lèvres caoutchouteuses, les narines noires humant l'odeur du sang. Peu à peu, les pattes avant, courtes et trapues, apparurent et traînèrent la large masse écailleuse hors de l'eau. Elle n'en finissait pas de sortir. Des mètres entiers de crocodile meurtrier. Il devait faire huit ou neuf mètres de long.

— Quelle belle bête ! soupira mon compagnon.

J'ôtai le cran de sécurité de mon fusil.

Roger m'attrapa le bras.

— Pas question, c'est une espèce protégée !

— Moi aussi, renvoyai-je sèchement.

— Mais il ne nous fait aucun mal.

— Non, mais je lui trouve un air antipathique.

— Je t'interdis de tirer, gronda Roger.

Il n'aurait pas dû s'inquiéter, je n'en avais pas l'intention. À un mètre, un calibre 12 peut tuer un dinosaure, mais sur les écailles de notre crocodile, à une vingtaine de mètres, il aurait eu autant d'effet qu'une poignée de haricots secs. J'avais prévu le fusil en cas de besoin dans le bateau, si j'avais à tirer à bout portant. Dans le cas présent, je n'avais plus qu'à attendre que le souffle de la bête me hérisse le poil.

— Je ne pense pas qu'il veuille nécessairement nous attaquer, expliqua Roger, dont la voix s'était inexplicablement changée en murmure.

Comme pour confirmer les pensées de l'expert, le crocodile s'avachit sur le ventre en poussant un gros soupir repu, puis il s'immobilisa dans le sable. Bien, il n'était pas du genre à passer directement du lit au casse-croûte – pas directement.

— Bon, on ferait mieux d'y aller maintenant, dit Roger.

Je perdis alors mon respect pour les experts. La plage était étroite. Pour mettre notre embarcation à l'eau, nous allions devoir passer à deux pas du crocodile. Et je n'avais aucune intention de l'approcher, même avec des bottes de sept lieues.

— Écoute, Roger. Si j'essayais de tirer un coup en l'air pour le faire partir ?

Roger étudia ma proposition, la tête inclinée sur le côté, comme un perroquet qui examine une graine inhabituelle.

— Oui, finit-il par dire, les crocodiles ne sont pas particulièrement sensibles. Nous ne risquons pas de trop le choquer. Mais gare à ne pas le toucher !

J'appuyai sur la détente.

La détonation se répercuta sur les parois rocheuses du canyon en un vacarme insoutenable, que les échos prolongèrent pendant de longues secondes. Le crocodile ne bougea pas. Il ne cilla pas.

— Je crois qu'il s'est endormi, en conclut Roger. Passer à côté de lui ne devrait poser aucun problème.

— Dis-moi, est-ce que ces trucs-là se déplacent rapidement, sur la terre ferme ?

— Ça oui, très rapidement, sur les petites distances.

— Nous serons à une petite distance de lui.

— C'est bon, je vois où tu veux en venir, répliqua Roger d'un ton irrité. Dans ce cas, il ne nous reste plus qu'à attendre qu'il s'en aille.

Sur ce, il se mit à photographier l'animal.

— Roger, lui murmurai-je, je pense que je devrais lui tirer dessus.

— Hors de question, tu ne peux pas faire ça !

Il était horrifié.

— Écoute, cette bête est enrobée de l'équivalent d'une cuirasse, alors, à cette distance, la chevrotine va juste le chatouiller, mais elle réussira peut-être à l'éloigner le temps qu'on passe.

— Non, s'opposa fermement Roger. Je te l'interdis absolument.

— Tu me l'interdis peut-être, Roger, mais je n'ai pas d'ordre à recevoir de toi et c'est ce que je vais faire.

— Mais c'est illégal !

— Je suis disposé à commettre un acte criminel dans les circonstances présentes.

— Je te dénoncerai.

— Si ça te fait plaisir, Roger. En attendant, bouche-toi les oreilles.

— Je tiens à ce que tu notes que je désapprouve vivement cette ligne de conduite.

— C'est noté, répondis-je en visant et tirant.

Frappé sur le flanc par une décharge complète de chevrotine, je n'irais pas jusqu'à dire que le crocodile se contenta de lever nonchalamment un sourcil, mais ce fut l'impression qu'il donna. Cela dit, il daigna se dresser sur ses pattes et pataugea laborieusement jusqu'à l'autre côté de la plage où il s'affala tranquillement.

— Je crois que tu l'as mortellement blessé, accusa Roger.

— Si seulement tu pouvais dire vrai, mais je l'ai à peine égratigné, lui renvoyai-je avec humeur.

J'en étais à me méfier presque autant des experts en crocodiles que des crocodiles.

— Et qu'est-ce que tu suggères, à présent ?

— Si on passe du côté opposé de la plage, on n'aura pas à s'approcher de plus de quarante mètres de la bête. Elle peut les parcourir en combien de temps ?

— Je n'en suis pas sûr, répondit Roger, stimulé par cette spéculation scientifique. J'imagine qu'il ralentit quand il s'approche du bord de l'eau. Ce serait passionnant à observer.

Je me méfiais chaque minute davantage des experts en crocodiles.

Nous avions traîné la barque à environ cinq mètres du rivage lorsque le crocodile chargea.

C'était effectivement passionnant à observer. Il sembla se propulser en l'air d'un bond sur ses pattes trapues et fila sur le sable comme un lézard.

Je lâchai le bateau et saisis mon fusil.

Roger lâcha le bateau et saisit son appareil photo.

Il se plaça devant moi et se mit à mitrailler la masse de férocité primitive qui nous fonçait dessus – apparemment prêt à mourir pour prendre les tout premiers clichés frontaux d'un assaut crocodilesque.

J'étais moins prêt. Je m'écartai et commençai à tirer.

— Arrête ! Arrête ! Tu vas le blesser ! hurla Roger.

Le crocodile, traversant la rafale de plomb, paraissait singulièrement indemne.

Je continuai à faire feu. J'avais suffisamment de munitions, mais le temps pour les utiliser allait me manquer.

J'imagine que l'assaut du reptile ne dura que quelques secondes, mais ce genre de secondes dure des heures, et j'étais conscient des clics de l'appareil photo de Roger et de l'empressement des griffes du crocodile sur le sable que même les tirs répétés du fusil n'arrivaient pas à couvrir. J'entendais aussi la voix de Roger qui hurlait en boucle :

— Stop ! Stop ! C'est une espèce protégée !

Les plombs durent commencer à prendre effet quand la bête était presque sur nous, car elle s'arrêta brusquement, se dressa sur ses pattes arrière, nous domina de très haut – spectacle monstrueux. Elle vagit horriblement.

Ce satané Roger fit deux pas en avant pour assurer un gros plan et s'interposa entre le crocodile et moi.

J'avais trois choix. Je pouvais tirer sur Roger pour l'écarter et dégager ma cible (solution la plus attrayante). Je pouvais assommer Roger d'un coup de crosse pour dégager ma cible (solution trop timorée, dans les circonstances). Je pouvais jeter le fusil et m'enfuir en criant (solution la plus probable).

J'hésitai. Roger prit davantage de photos. Le crocodile poussa quelques lamentations supplémentaires. La situation semblait irrémédiablement bloquée.

Puis Roger tourna soudain le dos à la masse néfaste, tapageuse et géante, tout armure et crocs, et regagna tranquillement le bateau.

— On y va, me dit-il. Je n'ai plus de pellicule.

Je le rejoignis en marchant à reculons, le doigt sur la détente.

Le crocodile garda la pose quelque temps, puis il s'affala sur le sol où il sembla s'endormir.

— Tu t'es inquiété pour rien, m'expliqua Roger alors que nous manœuvrions hors du lagon. Il est tout à fait improbable qu'un crocodile mène une attaque à terme juste après l'accouplement. Il est exténué, vois-tu.

Pour ma part, je m'appliquai à inventer dans les plus brefs délais une indisposition qui me força à abandonner l'expédition avant qu'on eût à rencontrer d'autres crocodiles.

Le koala tueur

Je n'aime pas les koalas. Ces sales bêtes, aussi hargneuses que stupides, n'ont pas un poil de gentillesse. Leur comportement social est effroyable – les mâles n'arrêtent pas de se tabasser ou de voler les femelles de leurs semblables. Ils ont des mécanismes de défense répugnants. Leur fourrure est infestée de vermine. Ils ronflent. Leur ressemblance avec les nounours est une vile supercherie. Il n'y a rien de bon chez eux.

Sans parler du fait qu'un jour, un koala a essayé de me jouer un tour pendable.

Kudulana, un îlot situé à une dizaine de kilomètres de la côte de Tasmanie, avait abrité dans le passé une importante colonie de koalas. Puis on y avait introduit des moutons, déboisé à outrance, et n'ayant soudain plus assez de feuilles de la bonne variété d'eucalyptus pour se nourrir, les koalas s'étaient trouvés menacés de disparition.

Mary Anne Locher, officier de terrain des parcs nationaux, fut chargée de rassembler les koalas et de les envoyer paître vers des horizons nouveaux, sur la grande terre. Elle m'invita à l'aider et, selon le principe que dans tout périple se cache une bonne histoire, j'acceptai.

Il existait certaines ressemblances physiques entre Mary Anne Locher et les koalas. Petite, grosse et rondouillette, ses oreilles dépassaient de ses cheveux flous et bruns, coupés court. Elle devait avoir la cinquantaine à l'époque et elle était donc un peu plus âgée que moi.

La salopette marron qu'elle ne quittait jamais, alliée à son petit nez et ses yeux bruns brillants, accentuait encore sa ressemblance avec le koala. Avec sa voix douce et légèrement sifflante, on avait l'impression que si on lui appuyait sur le ventre, elle se mettrait à couiner. Et, contrairement aux koalas, elle était avenante et plaisante.

J'étais alors moins corpulent qu'aujourd'hui, mais je n'en restais pas moins un homme bien en chair. Comprenez par là que tout en parvenant aisément à lacer mes souliers, j'étais loin d'être un athlète.

Un observateur peu aimable aurait sans doute noté qu'en descendant du ferry à Kudulana, nous formions un couple assez comique : l'un grand, rond et barbu ; l'autre petite, ronde avec des cheveux flous ; chacun portant une sorte d'épuisette à long manche et une salopette marron identique, car j'en avais emprunté une au ministère des Parcs et Forêts. Le conducteur du ferry, qui déchargeait les cages en bois destinées à nos futures prises, n'hésita d'ailleurs pas à suggérer que notre tâche allait être facilitée par le fait que, dès qu'ils nous apercevraient, les koalas ne manqueraient pas de tomber des arbres en se tordant de rire.

Pour attraper un koala, il suffit de le prendre par surprise, de le faire sursauter : il chute de sa branche et vous l'emprisonnez dans un filet. C'est en tout cas ce que Mary Anne m'avait raconté. Elle avait oublié de préciser que ça ne marche qu'avec les koalas coopératifs.

Après avoir entassé nos affaires près du port – matériel de camping, kit de secours et cages –, nous partîmes donc chasser le koala.

Les arbres de Kudulana sont petits et grêles ; nous n'eûmes donc aucune difficulté à repérer les animaux. Ils n'étaient que douze, nichés dans un bosquet d'eucalyptus surplombant une grande mare entourée de fougères. Ils étaient tous blottis dans les fourches des branches supérieures. Mais comme les arbres ne faisaient que trois ou quatre mètres de haut, les koalas restaient à portée de nos épuisettes à long manche.

Mary Anne et moi n'avions plus qu'à les décrocher, à les attraper dans nos filets, puis à les ramener jusqu'aux cages en bois. En théorie.

Les koalas, véritables boules de poils à la tête repliée sur le ventre, se désintéressaient complètement de nous.

— Bon, on va commencer par celui-ci, déclara Mary Anne d'un ton décidé en désignant un gros bonhomme de koala installé dans une fourche presque accessible à la main. Tu lui fais peur et je l'attrape.

Elle souleva son filet, plaça l'ouverture juste en dessous de l'animal et attendit de voir s'il allait sauter. Je tenais mon épuisette à la main, prêt à l'aider au besoin.

Le koala semblait dormir et, pour la première fois, je me demandai quelle technique adopter pour effrayer une créature aussi léthargique.

— Je lui donne un petit coup d'épuisette ? suggérai-je.

— Non, il ne ferait que s'accrocher davantage. Crie !

Je n'avais aucune idée des termes à employer pour crier sur des koalas, mais je fis de mon mieux.

— Hou !

Le koala ne cilla pas.

— Hou ! Hou ! hurlai-je de toutes mes forces.

Le koala ouvrit un œil ; injecté de sang, à ma grande surprise. L'animal me regarda longuement et tranquillement, puis, avec une grande lassitude, il referma l'œil.

— Ils sont pas facilement impressionnables, remarquai-je.

— Non. Essaie de secouer l'arbre.

Je posai mon épuisette et agrippai le tronc – très fin, car il s'agissait d'un arbrisseau, en réalité – que j'agitai violemment.

Le koala ouvrit ses deux yeux bordés de rouge et me lança un regard malveillant. Puis il adopta une tactique de défense, commune à la plupart des marsupiaux arboricoles. Un fluide âcre et infect dégoulina sur mes cheveux, ma barbe, mon visage et mes épaules.

— Oh, excuse-moi, lança Mary Anne, j'aurais dû te prévenir.

Je me débarbouillai de mon mieux avec un mouchoir tandis que le koala, apparemment content de lui, replongeait dans le sommeil.

— Pourquoi on pousse pas cette saleté à coups d'épuisette ? On le rattraperait au sol.

Je fis cette suggestion car après m'être plus ou moins séché, je dégageais toujours une odeur nauséabonde.

— Impossible de déloger un koala s'il peut s'agripper à quelque chose. Ils ont une poigne de fer.

— Dans ce cas, qu'est-ce qu'on peut faire ? À part une bombe, je vois pas ce qui pourrait le faire sursauter.

Mary Anne réfléchit.

— Tu pourrais escalader cet arbre ?

Je l'examinai. Sans être énorme, il pouvait soutenir mon poids et le koala n'était pas très haut perché.

— Je pense que oui.

— Alors grimpe et va lui crier dans l'oreille. Ne le touche pas. Il sautera sans doute en te voyant approcher.

Je fis un effort considérable pour me hisser sur la branche du koala. Je n'étais à guère plus du sol que ma hauteur et, en tendant le bras, j'aurais pu toucher l'animal. Il n'était pas loin de ma tête ; je la tins prudemment hors de sa portée.

— Hou ! beuglai-je.

Le koala ne broncha pas. Je m'approchai donc de lui en glissant sur la branche. Qui céda. Branche, koala et moi-même tombâmes abruptement dans un épais tapis de fougère.

Le koala s'affala sur le dos. Je chutai et m'étalai sur lui de tout mon long. Je n'arrivais plus à voir la bête sous la masse de mon corps, mais je savais qu'elle y était car elle grognait, s'ébrouait et essayait de creuser un passage à l'air libre dans ma tendre chair.

Quelle expérience extraordinaire ! Le souffle coupé, plongé dans les fougères, je ne voyais rien d'autre que leurs frondes ; j'étais à moitié assommé, par conséquent incapable de coordonner mes mouvements, et une boule de fourrure cruelle et musclée, étonnamment large, essayait de m'éviscérer.

Bon Dieu, mais où était Mary Anne ?

En train de regagner l'autre côté du fourré pour attraper le koala quand il en sortirait.

Sachez maintenant qu'outre la méthode qu'ils utilisent en hauteur, les koalas ont un autre moyen de défense : ils s'agrippent au ventre de leur agresseur par la seule force de leurs dents et de leurs griffes. Un mécanisme sans doute mis au point pour se protéger des dingos.

Une fois le koala cramponné au bas-ventre du chien sauvage, ce dernier est dans l'impossibilité de le mordre. J'imagine que le koala est alors prêt à rester accroché jusqu'à ce que le dingo s'effondre.

J'ignorais tout ça, à cette époque. Je n'aurais d'ailleurs pas été plus avancé si j'avais été au courant.

Le koala avait visiblement abandonné tout espoir de s'échapper et opté pour la défense anti-dingo. Nous nous trouvions tête-bêche, avec les griffes de ses pattes arrière enfoncées dans ma poitrine. Celles de ses pattes avant étaient plantées dans mes cuisses et y pénétraient de plus en plus profondément. Sa tête fouina entre mes jambes et ses dents se fermèrent sur mon entrejambe.

Heureusement, les koalas n'ont pas une très grande gueule. Mais suffisamment grande.

Je poussai un hurlement.

— Que se passe-t-il ? me demanda Mary Anne, que je ne voyais toujours pas.

— Il me tient ! vociférai-je.

Je roulai sur le dos en griffant le koala des deux mains. Il roula avec moi et se cramponna d'autant plus – à tous ses points d'attache.

Je beuglai encore et essayai de marteler la brute de coups de poing. J'avais l'impression de frapper une bûche recouverte de fourrure et ne lui faisais d'ailleurs pas plus de mal qu'à une bûche. Cette sale bête avait des muscles faits d'une substance bien trop dure pour être un tissu animal.

Je hurlai à nouveau et entendis les pas de Mary Anne s'approcher dans les fougères.

Pensant que j'avais du renfort, le koala resserra encore son étreinte, partout.

Il grognait comme une bête enragée, car c'est ce qu'il était, bien sûr, et son postérieur me touchait presque le visage – le danger n'était en rien diminué par la puanteur abominable qui s'en dégageait.

J'aperçus le visage de Mary Anne au-dessus des fougères. Je me débattais et frappais dans un enchevêtrement de frondes et elle ne distinguait pas grand-chose, si ce n'est que je tenais le koala et que le koala me tenait.

— Attention de ne pas le blesser, me lança-t-elle.

Une telle remarque n'aurait pas manqué de m'amuser, dans d'autres circonstances.

— Enlève-le ! haletai-je.

— Je n'y arriverai jamais maintenant, répondit-elle d'un ton contrarié. Je dois lui donner un sédatif.

Et cette bourrique trottina jusqu'au port pour aller récupérer sa trousse médicale.

— J'en ai pour une minute, l'entendis-je dire alors qu'elle disparaissait dans les fougères. Reste allongé sans bouger et ne t'en fais pas, il ne lâchera plus prise maintenant.

C'était le dernier de mes soucis.

— Mary Anne ! beuglai-je. Cette brute me tient par les...

Mais elle ne m'entendit pas.

Il était hors de question que j'attende tranquillement son retour, tandis que cette sale bête essayait de me priver de virilité.

Je parvins à me remettre sur pied, le koala toujours cramponné, et essayai de courir après Mary Anne.

Avez-vous déjà essayé de courir avec des griffes de koala enfoncées dans le torse et les cuisses, et ses dents plantées dans l'entrejambe ? Impossible.

Je sentis monter des larmes de rage, de douleur et de frustration. Je me démenai au milieu des fougères et tentai de foncer sur un arbre, koala devant. Je ne parvins qu'à lui faire enfoncer griffes et dents plus ardemment. J'essayai de tomber sur ce maudit crétin. Je ne fis que m'essouffler.

À quatre pattes, proche de l'effondrement, mon esprit en compote intégra soudain le fait que j'étais au bord d'une mare, au centre d'un bosquet hanté de koalas.

Poussant un cri dément mais plein d'espoir, je me précipitai en avant, pris une profonde inspiration et me jetai à l'eau, koala compris.

L'eau était profonde à souhait et nous coulâmes comme des pierres.

J'ignore combien de temps un koala peut retenir sa respiration, mais j'étais bien décidé à rester sous l'eau jusqu'à ce qu'il lâche prise, quitte à nous condamner tous les deux à la noyade.

Force fut de constater que, malheureusement, un koala peut retenir sa respiration pendant des heures.

Le mien était un poids mort qui me tenait au fond de l'eau et nous barbotâmes dans les sombres profondeurs brunes une bonne moitié d'éternité. La souffrance dans mes poumons asphyxiés commença à rivaliser avec mes autres douleurs.

Je finis par comprendre qu'il n'y avait aucun intérêt à ce que je garde moi-même la tête sous l'eau. C'est évident, me direz-vous en me trouvant un peu long à la détente, mais je parie que vous ne vous êtes jamais personnellement trouvé submergé dans une mare du bush entre les griffes d'un koala furieux et que vous êtes donc mal placé pour juger des difficultés à réfléchir intelligemment dans ce genre de circonstances.

Je remontai à la surface, sortis la tête, pris une profonde inspiration et, soulagé, entrepris d'étrangler le koala.

La strangulation de koala n'est pas un sport facile, surtout quand il vous tient comme le mien me tenait. Mais je m'y efforçai, sans me soucier le moins du monde du fait qu'il appartenait à une espèce protégée.

Le koala semblait disposé à mourir sous l'eau avec mes doigts autour du cou. Ce qui me convenait tout à fait, à condition qu'il se décide à mourir rapidement.

C'est alors que, même dans ma douleur, je songeai avec effroi qu'un koala mort ne lâche pas forcément prise. Faudrait-il une intervention chirurgicale pour m'ôter cette bête odieuse ?

Puis le koala abandonna – je jure qu'il est resté sous l'eau une bonne vingtaine de minutes, même si Mary Anne soutient de son côté qu'elle n'est partie qu'une minute. La notion de temps est relative, de toute façon.

Le koala, qui m'avait donc enfin lâché, émergea près de mon visage. Ses traits de nounours n'exprimaient rien, mais ses crachats et grognements haineux me firent reculer d'effroi.

Un éclat de mépris passa dans les yeux rouges de la bête, qui se détourna, traversa aisément la mare à la nage, escalada le bord, avança péniblement jusqu'à un arbre, grimpa, me lança un regard affligé et se rendormit immédiatement, l'eau dégoulinant de sa fourrure.

Je sortis de la mare.

Mary Anne revint, s'étonna que le koala ait lâché prise et me demanda pourquoi j'étais tout mouillé.

J'offris de lui expliquer plus tard et partis m'examiner dans un sous-bois.

L'épaisseur du tissu de ma salopette m'avait évité de graves blessures. En dépit de l'acharnement du koala.

Nous finîmes par attraper tous les koalas de l'île et les libérer sur la grande terre, mais j'avoue m'être acquitté de la tâche de mauvaise grâce. Et ce fut la dernière fois que je vins en aide à ces sales brutes.

Non, décidément, je n'aime pas les koalas.

Cent canettes

Pour comprendre comment une telle histoire est possible, il faut savoir deux ou trois choses sur l'endroit où elle a eu lieu : Coober Pedy, ville minière quasi invraisemblable dans le centre aride. Dans une langue aborigène, Coober Pedy veut dire « homme blanc dans un trou ». Les trous en question sont les mines, mais aussi les maisons troglodytes, des grottes creusées à flanc de colline. En été, avec une température extérieure moyenne de cinquante degrés, soit vous passez le plus clair de votre temps en sous-sol ou au pub, soit vous mourez.

J'avais fait le trajet depuis Adélaïde dans une voiture climatisée et j'avais cru mourir.

J'aperçus Coober Pedy dans le lointain : des milliers de bulles minuscules sous les reflets de brume de chaleur du désert. Ces bulles se concrétisèrent bientôt en piles de déchets rejetés par les mines d'opale qui s'étiraient à perte de vue, de tous côtés.

La région entière semble infestée par le type de termites qui construisent d'énormes structures de terre. D'après les racontars du coin, les nombreux puits désaffectés abritent les os d'inconscients qui ne se sont pas acquittés de leurs dettes de jeu ou qui ont essayé de se servir dans une mine privée. À ma connaissance, on n'y a jamais retrouvé de squelette.

La vue d'un pub actionna le frein automatique de mon véhicule. J'avais besoin de bière fraîche, et pas qu'un verre. La chaleur est palpable dans cette région ; elle vous tombe sur la tête dès que vous descendez de voiture. Mon corps tout entier exigeant de la bière, je filai vers le pub, ignorant alors que j'allais assister à un événement qui me dégoûterait de cette boisson pendant des mois.

Sans être bondé, le pub était bien fréquenté, plein d'hommes roses. Presque tous les hommes de Coober Pedy sont de cette couleur, car la poussière rose des exploitations d'opale s'incruste dans leur peau de mineurs. À moins que ce soit parce qu'ils ne se lavent jamais ; il faut avouer que l'eau de la ville n'est guère ragoûtante.

Je commandai un demi, le trouvai délicieusement frais comme toujours dans l'outback australien (c'est d'ailleurs souvent le seul signe de civilisation dans l'arrière-pays) et, comme à mon habitude, je m'intéressai aux conversations en cours.

À côté de moi, deux hommes roses échangeaient des propos absurdes, comme ils le sont généralement dans les pubs de l'outback dès que tout le monde a cinq bières dans le nez. Accoudés au bar, ils se dévisageaient avec intensité. Comme deux poupées grotesques au visage buriné, ils poursuivaient leur discussion inepte.

— Il en est capable.

— Ça va le tuer.

— Faut compter quatre heures et ça risque pas de le tuer. Rien peut le tuer.

Je tendis l'oreille et notai une inflexion hystérique dans le ton de leur voix. L'échange, à l'instar du crissement d'une scie circulaire, se dégageait du brouhaha des autres consommateurs. De toute évidence, ils avaient pris l'habitude de communiquer ainsi, quinze mètres sous terre, dans le vacarme des marteaux-piqueurs.

— Tu crois que ça le tuerait de boire cent canettes en quatre heures ?

— Ça tuerait n'importe qui.

— C'est pas n'importe qui.

Ils se dévisagèrent en silence, le débat prenant d'autant plus d'importance dans leur esprit que la bière coulait dans leur gorge.

— Et comment tu peux me soutenir ça mordicus ?

— Parce que je le soutiens mordicus.

Le plus vieux, d'âge moyen, avait des épaules nues couvertes de poils blancs. Enfin, ils auraient été blancs s'il les avait débarrassés de leur poussière rose. Son visage était flétri et nécrosé par des années passées à fouiner sous terre le matin et à boire de la bière l'après-midi. À moins qu'il ne soit né avec un visage flétri et nécrosé.

Son compagnon, plus jeune – la trentaine environ –, était un peu gros mais avec les épaules larges et les bras musclés des mineurs d'opale. Si les hommes continuaient à creuser sous terre quelques générations de plus, ils développeraient sans doute des torses et des bras semblables à ceux des wombats. Le jeune, qui ne s'était pas rasé de trois jours, ressemblait d'ailleurs à un wombat à museau poilu[1]. Mais pas entièrement non plus, car examiné de près, le visage d'un wombat parvient à être expressif, alors que celui de ce personnage n'était qu'une pâtée dégoulinante de physionomie atone. Avec sa barbichette rosacée, on aurait dit un reste d'œufs à la neige sur lequel une étrange moisissure aurait proliféré.

— Si t'es si sûr de toi, tu dois être prêt à parier ?

— Bien sûr que je suis prêt à parier.

Il était impossible de savoir lequel des deux parlait car ils avaient des voix identiques, comme des couteaux grinçant sur des assiettes avec une violence insoutenable. Mais le bruit venait d'eux, c'était incontestable, et une zone de silence les entoura peu à peu ; le bar tout entier s'intéressa à leur discussion.

— Qu'est-ce t'en dis, Ivan ?

Je savais que le plus vieux avait parlé car il s'était tourné vers son voisin en posant la question.

Tandis qu'Ivan virait lentement vers moi, je compris que j'avais affaire à un monstre. Il n'atteignait pas un mètre cinquante, mais il était presque aussi large que haut. Son torse, vêtu d'un marcel noir couvert de poussière, se détachait comme celui d'un coquelet géant. La sueur ruisselait sur la poussière rose et des traînées sombres striaient l'amas de muscles. Un gros bras pendait bien trop bas le long de son corps ; l'autre, posé sur le comptoir, se terminait par une énorme main rose qui masquait presque entièrement sa pinte

---

1. Marsupial australien végétarien et fouisseur, très trapu (on le surnomme « tank sur pattes ») et griffu. Il ressemble à une marmotte ou à un blaireau et il existe bel et bien une espèce « à museau poilu », le *hairy nosed wombat.* (*Toutes les notes sont de la traductrice.*)

de bière. En observant ses cheveux hérissés coupés ras et son collier hirsute, je me demandai, l'ombre d'un instant halluciné, s'il était possible de croiser un crocodile avec un hippopotame.

Son visage, totalement dénué de curiosité ou de méchanceté, affichait une autosatisfaction aveugle, preuve indéniable que le cerveau niché sous cette absurde crête-de-coq n'avait jamais été perturbé par la moindre pensée.

Deux énormes jambes s'échappaient de son short ; elles ressemblaient à des pattes d'hippopotame, sauf qu'elles étaient roses et poilues plutôt que grises et ridées. Son corps paraissait posé directement sur les jambes, et non relié à elles, car on ne lui voyait aucune taille : son tronc était comme celui d'un arbre jusqu'à ce que soudain, des jambes apparaissent. Le raccordement était dissimulé par le short bouffant, mais on avait l'impression que ces jambes pouvaient s'en aller à tout instant et laisser le corps au comptoir.

— Qu'est-ce t'en penses, Ivan ? Moi, je dis que tu peux descendre cent canettes en quatre heures.

— Évidemment, répondit Ivan.

Sa voix, profonde et posée, était plaisante en comparaison de celle des deux autres, mais en comparaison seulement.

— Tu vois, dit le plus vieux en se tournant vers son compagnon comme si l'affaire était bouclée.

— Je te parie qu'il peut pas.

— Ben, parie, alors. Vas-y, parie !

— Comment ça, parie ?

— Va jusqu'au bout, t'es prêt à parier combien qu'il peut pas boire cent canettes en quatre heures ?

— Cinq cents dollars.

Le vieux fouilla dans sa poche, en sortit une liasse et compta dix billets de cinquante sur le comptoir. Le plus jeune l'observait impassiblement, tandis qu'Ivan se désintéressait du tout et s'occupait de sa bière.

— À toi.

Le jeune, ayant attendu que le dernier billet touche le comptoir, fouilla à son tour dans sa poche et en sortit une liasse de billets de cinquante. Il marqua une pause avant de déposer le dixième.

— Qui paye pour la bière ? demanda le petit malin.

Un long silence de réflexion suivit la question, jusqu'à ce que le plus âgé finisse par dire :

— On pioche dans la mise. Bon, poursuivit-il en agrippant Ivan par l'épaule, la bière coule à flots pour toi aujourd'hui et c'est moi qui régale. Bill, dit-il au barman, prépare dix canettes. Ivan va en descendre une centaine.

Sans exprimer la moindre surprise, Bill ouvrit le frigo et aligna dix canettes sur le comptoir.

— C'est parti, Ivan. Et n'oublie pas, j'ai misé mon argent sur toi.

— Il faut qu'il tienne toujours debout, à la fin, ajouta le jeune d'un air renfrogné, trahissant une certaine inquiétude.

— Il tiendra debout. Allez Ivan, c'est parti. Descends-les !

Ivan examinait les dix canettes. Les crispations sur son visage révélaient qu'il réfléchissait. On l'entendait presque penser. Les trois hommes se trouvaient maintenant au centre d'un grand cercle formé par les autres consommateurs intéressés par le concept bizarre de l'enjeu. De l'argent sortait de poches poussiéreuses pour miser dans des paris subsidiaires. Ivan réfléchissait toujours.

— Allez, Ivan.

— Je veux cent dollars, répondit celui-ci.

— Comment ça, tu veux cent dollars ? demanda le plus vieux d'un ton outré.

— Comme ça. Je veux cent dollars.

— Pourquoi ?

— Pour boire la bière.

— Mais tu bois déjà à l'œil.

— Je veux cent dollars.

Les conversations sont limitées dans les mines d'opale.

— Non, mais, tu peux aller te faire foutre !

— Très bien.

Ivan leur tourna le dos et commanda une bière. L'ancien n'arrivait pas à y croire. Ivan descendit son verre. Clairement, il n'était pas disposé à changer d'avis.

— Bon, d'accord, lança le parieur d'un ton désespéré. Si tu descends les cent canettes, je te file cent dollars.

— Cent dollars de participation, contra Ivan, sans prendre la peine de se retourner.

— Dieu tout-puissant ! Et si t'abandonnes après cinquante canettes, qu'est-ce qui se passe ? Je dois quand même te donner cent dollars ?

— Cent dollars de participation, répéta Ivan.

L'ancien observa le dos aussi large qu'inflexible. On voyait qu'il cogitait dur pour trouver une solution.

— Bon, voilà ce que je te propose, finit-il par dire. Je te donne cent cinquante si t'y arrives et rien si t'échoues. Qu'est-ce t'en dis ?

Ivan réfléchit.

Longue pause.

— Bon, d'accord, dit-il en prenant la première canette.

— On retire l'argent au total, dit le plus âgé à son compagnon, ce qui semblait vouloir dire que la part d'Ivan serait versée par le gagnant.

Le jeune semblait trouver ça raisonnable, mais il prit son temps pour consentir. Quand il finit par donner le feu vert, Ivan avait déjà descendu six canettes.

Sa méthode était impressionnante. Il tenait une petite bouteille ronde dans chaque main et les décapsulait d'un coup d'ongle. (La plupart des hommes s'aident d'un outil en métal, mais pas Ivan : il aurait pu utiliser l'ongle de son pouce comme burin.) Puis il levait la main droite, rejetait la tête en arrière et versait la bière d'un trait dans sa gueule ouverte, la canette entière, en un seul jet continu de liquide ambré, jusqu'à ce qu'elle soit vide. Il répétait ensuite l'opération de la main gauche. Une fois les deux canettes vides, il les déposait soigneusement sur le comptoir et en prenait deux autres.

Une canette contient 375 millilitres de bière. Si vous en buvez trois en l'espace d'une heure, vous dépassez la limite légale pour conduire une voiture. Cent canettes représentent 37 500 millilitres. J'ai beau être nul en mathématiques, je sais que ça représente une quantité phénoménale de bière. Je minutai Ivan. Il lui fallait huit secondes pour vider une bouteille, une seconde pour poser les deux canettes sur le comptoir, une seconde pour se resservir, une seconde pour décapsuler. Il avalait donc une canette toutes les onze secondes.

Avaler n'est pas le terme approprié. On ne détectait aucune déglutition le long de sa gorge. Il se vidait directement la bière dans l'estomac. Une canette toutes les onze secondes. À ce rythme, il serait capable d'en boire cent en mille cent secondes – moins d'une heure. Mais il ne pourrait jamais maintenir la cadence. Pour des raisons évidentes ; il aurait besoin d'évacuer, par exemple.

Je n'étais pas le seul à faire des calculs. Dans le grand cercle formé autour d'Ivan, les hommes regardaient leur montre en comptant. Pour gagner du temps, le barman avait aligné vingt canettes fraîches sur le comptoir quand Ivan avait terminé la dixième. Ce dernier ne marqua aucune interruption. Il buvait comme s'il travaillait à la chaîne : il ingurgitait une première canette, il ingurgitait la deuxième, il les posait sur le comptoir, il en prenait deux autres, il décapsulait, il en ingurgitait une première puis l'autre.

Un seul bruit dans le pub : le choc du verre sur le comptoir et le cliquetis métallique des capsules sur le sol. Silencieux, les consommateurs l'observaient dans un respect quasi religieux, sans même songer à toucher leur verre.

Je remarquai pour la première fois que la pendule derrière la rangée de bouteilles du bar carillonnait. Elle marqua six heures au moment même où Ivan terminait sa quarantième canette. Comme s'il attendait ce signal, il posa bruyamment ses deux bouteilles sur le bar et s'arrêta. Le silence s'intensifia alors que la salle entière s'inclinait imperceptiblement vers lui, rongée de curiosité. J'étais persuadé qu'Ivan allait s'effondrer.

Il resta immobile, les mains sur le comptoir, le corps légèrement penché en avant. La pause se prolongea, le silence s'approfondit, si tant est qu'un silence puisse s'approfondir. Je pouvais même entendre le tic-tac de la pendule. Les muscles du dos d'Ivan furent alors pris de convulsions et un rot monumental éclata dans la salle, brisant le silence comme un violent coup de tonnerre. Je vous jure qu'il fit reculer le premier rang de spectateurs. S'ensuivit une salve d'encouragements, d'applaudissements et de rires.

Ivan s'empara de deux nouvelles canettes et reprit le rythme. Quarante-cinq, cinquante, cinquante-cinq, soixante. Sous nos yeux, l'impossible devenait réalité. Puis il nous présenta un numéro de virtuose : il décapsula deux canettes en même temps, mais au lieu de les vider l'une après l'autre, il se les versa simultanément dans le gosier. Ce qui ne lui prit que huit secondes. Sept cent cinquante millilitres de bière grossissant le torrent qui se précipitait dans son estomac, ses intestins et son sang.

Techniquement, il était déjà mort. Aucune constitution humaine ne peut résister à un tel assaut d'alcool. Ivan n'était peut-être pas humain ; peut-être n'avait-il jamais été vivant. Il s'arrêta une nouvelle fois et parcourut des yeux le cercle de spectateurs.

— T'as ton compte, Ivan ? demanda une voix pleine d'espoir. Ivan ignora la question.

Il se tourna vers son mandataire, le plus âgé des deux types. Il avait oublié quelque chose, omis de stipuler l'une des conditions du contrat.

— J'ai le droit d'aller pisser ? demanda-t-il d'une voix presque implorante.

— Bien sûr, vas-y, lui dit son commanditaire.

Ivan s'absenta du bar cinq minutes environ, ce qui n'était guère surprenant. Je me suis demandé s'il en avait profité pour régurgiter un peu de bière, mais cette idée sembla n'effleurer l'esprit de personne d'autre.

À quatre-vingts canettes, Ivan s'arrêta une nouvelle fois. Nous attendions tous une puissante éructation, mais rien ne sortit. Après une pause d'environ quinze secondes, il se remit au boulot. Mais il avait changé de cadence. Les ongles puissants décapsulaient avec une certaine maladresse, ses mouvements étaient de plus en plus calculés et laborieux. Il rata sa bouche à une occasion et un jet de bière lui dégoulina sur le menton. La bouteille comptait-elle toujours en entier ? Personne ne souleva ce point de détail. Il marquait systématiquement une pause après avoir reposé ses deux canettes vides.

Je me rendis compte que, doucement, presque en chuchotant, le bar entier comptait : quatre-vingt-cinq, quatre-vingt-six, quatre-vingt-sept, quatre-vingt-huit. Le décompte ralentissait en suivant la cadence d'Ivan. Il lui fallait maintenant quinze secondes par canette, puis dix-huit, dix-neuf secondes. À la quatre-vingt-quinzième, Ivan s'arrêta à nouveau, une bouteille à moitié pleine dans la main gauche. Il se pencha. Nous attentions tous le rot, mais rien ne se produisit.

Ivan hocha la tête de gauche à droite. Je vis ses yeux. Ils étaient complètement blancs, comme des yeux d'aveugle.

Il se mit à tituber.

— Allons Ivan, au boulot, mon garçon !

Le corps colossal d'Ivan oscilla lentement en arc de cercle, mais il gardait les pieds bien arrimés au sol. Puis il se stabilisa et leva son énorme battoir. Mais cette fois-ci, il porta la bouteille à ses lèvres et fut incapable de l'ingurgiter en un flot continu. Il dut déglutir à plusieurs reprises, avec difficulté. Il posa la bouteille sur le comptoir, en prit deux autres, mais ne parvint pas à les décapsuler ; le barman s'en chargea. Lentement, douloureusement, tandis que ses yeux roulaient dans ses orbites et que son corps se balançait en cercles de plus en plus grands, Ivan but les deux bouteilles.

— Quatre-vingt-dix-neuf !

Tollé général.

Ivan s'attaqua à la quatre-vingt-dix-neuvième canette. Il tournait maintenant rapidement et son corps était incliné à un angle inimaginable. Seuls le poids et la taille de ses jambes lui permettaient de tenir encore debout.

Quelqu'un lui glissa la centième bouteille dans la main. Il était manifestement incapable de la voir, comme toute autre chose d'ailleurs, mais allez savoir comment, sa main réussit à trouver sa tête tournoyante et à placer la canette entre ses lèvres.

La bière descendit avec une lenteur terrible. Mais elle descendit, tout entière.

— Cent !

C'était un glapissement animal. La bouteille vide se brisa par terre. Ivan avait bu cent canettes en un peu moins d'une heure. Trois ou quatre hommes s'employèrent à empêcher Ivan de tourner et un charivari général s'installa tandis que les parieurs réglaient leurs comptes et que les consommateurs pensaient à commander de nouvelles tournées. Puis Ivan rétablit un silence absolu en hurlant à pleine voix :

— Vodka !

Le mot, autant que le volume sonore, avait rétabli le silence.

Ivan se tourna vers le comptoir et le frappa du poing.

— Vodka !

Médusé, le barman lui versa une vodka dans un verre à liqueur qu'il posa sur le comptoir.

Ivan balaya le verre d'un revers de main qui renversa également les bières de cinq ou six autres consommateurs.

— La bouteille ! rugit-il.

Silence.

Puis, intimidé et terrifié par la présence d'une force mystique, le barman posa la bouteille de vodka sur le bar. Elle était déjà ouverte, mais d'un geste rituel, Ivan brisa le goulot sur le coin du comptoir. Il semblait avoir retrouvé la vue, même si ses yeux restaient complètement blancs et vides.

Il leva la bouteille jusqu'à ce que le goulot ébréché soit à une main de sa bouche, puis il s'aspergea le gosier d'alcool blanc. Il lâcha violemment la bouteille à moitié vide sur le comptoir, où elle roula et se déversa sur le sol. Personne n'y prêta attention.

Les bras le long de son corps rigide, les yeux complètement blancs, Ivan se dirigea vers la porte. Nous nous écartâmes rapidement sur son passage et il traversa dans une précipitation trébuchante, comme un train dans la forêt. Il fonça à travers les battants de la porte, la vive lumière du soleil extérieur illuminant son énorme silhouette, et il plongea la tête la première dans la rue, s'affalant dans la poussière avec un bruit sourd qui fit trembler les murs. Il remua une fois la tête, puis il ne fut plus qu'un tas inerte d'humanité trempée de sueur dans la poussière.

— Faudrait aller chercher un pick-up pour ramener le pauvre bougre chez lui, dit quelqu'un.

— Ouais.

Deux types au grand cœur s'en chargèrent.

— Il a oublié son argent, remarqua quelqu'un d'autre.

— Je vais le lui garder, dit le barman. Il reviendra demain matin. M'étonnerait pas qu'il ait un peu mal aux cheveux.

Vic, montreur de serpents

Vic le montreur de serpents est probablement le seul homme au monde à avoir survécu à deux attaques, très proches l'une de l'autre : une de python et une de taïpan.

Je l'ai rencontré au Parc des papillons, un centre de loisirs et de pique-nique familial sur les rives de la Hawkesbury, vers Windsor, tout près de Sydney. Responsable du vivarium, il organisait des présentations de ses serpents. Je m'occupais un peu de la promotion pour le parc et je fus intrigué par le personnage et ses reptiles.

Vic (je ne lui ai jamais connu d'autre nom) était très grand, très maigre et très sale. Il avait quelques touffes de cheveux jaunes et deux ou trois dents, jaunes également, qui ressemblaient à des crochets, sans doute par mimétisme. L'unique pantalon en sa possession (et en lambeaux) révélait – sans l'ombre d'un doute – qu'il ne portait jamais de sous-vêtements. Sa chemise trouée avait perdu ses boutons et il traînait aux pieds des résidus de Clarks qu'il enfilait sans chaussettes.

On ne le voyait jamais rien manger, à part des poudres pharmaceutiques pour les migraines et des cigarettes roulées à la main, qu'il tenait entre ses deux crochets jusqu'à ce qu'elles se désintègrent ou qu'il les avale. Il parlait très lentement, d'une voix extrêmement nasale. Ses yeux jaunes et opaques, profondément enfoncés dans leurs crevasses crasseuses, étaient perpétuellement aux aguets, comme de petits animaux perchés sur son visage émacié et anguleux. On ne le voyait jamais sans un serpent – d'ordinaire venimeux – autour du cou, tandis que deux ou trois autres bestioles sortaient timidement la tête de ses poches.

J'étais fasciné par son aspect peu avenant et par son immense savoir dans le domaine des reptiles. Son enthousiasme était tel qu'il le communiquait naturellement à son auditoire. Quand on le voyait, on ne pouvait s'empêcher de le dévisager, et quand on le dévisageait, on était captivé par le lent flot traînant d'informations qu'il déversait. Il n'avait pas son pareil pour raviver votre concentration en brandissant quelques créatures particulièrement venimeuses. Vic adorait les serpents : une adoration profonde, pure, passionnelle. Je pensais que les serpents le lui rendaient bien, jusqu'au jour où ce taïpan le mordit ; juste après que le python eut essayé de l'étrangler. Vic s'était sans doute levé du pied gauche ce matin-là.

Il commença son exposé, perché sur la grande estrade en bois qui servait aux présentations. Comme toujours, des sacoches en toile de tailles variées, aux excroissances frétillantes, étaient éparpillées autour de lui. Vic plongea la main dans un grand sac et en sortit un énorme python arboricole du nord du Queensland. La bête, de six mètres de long, se terminait par une lourde tête noire et féroce de la taille de celle d'un gros chien. Les quelque cinq cents spectateurs retinrent leur souffle tandis que des mètres de serpent aussi épais qu'une cuisse d'homme émergeaient du sac et commençaient à s'entortiller autour des jambes de Vic. Il entama son monologue :

— Les gens pensent souvent que les serpents sont visqueux et désagréables au toucher. Je dois vous dire que c'est *complètement faux.*

Si l'on en croyait Vic, pratiquement tout ce que les gens pensaient sur les serpents était *complètement faux*, une expression qui revenait des dizaines de fois dans chacun de ses exposés.

— En réalité, la robe du serpent est lisse, sèche, fraîche et plaisante au toucher ; on ne sent pas du tout les écailles.

Le python était à présent au niveau de la poitrine de Vic et l'enveloppait de telle sorte qu'il semblait porter une combinaison de plongée en caoutchouc gris vert d'une épaisseur extraordinaire. Le serpent s'était lové quatre fois autour de lui, mais il restait encore la moitié de cette brute sur l'estrade ; elle se balançait doucement.

— Par ailleurs, on croit souvent que le python étrangle sa proie. Ce qui est *complètement faux.* Après avoir capturé sa victime, le python resserre ses anneaux et l'empêche ainsi de respirer.

— Est-ce qu'il mord ? demanda un spectateur.

— Le python mord dans deux situations, répondit Vic tandis que le serpent s'enroulait autour de sa gorge et que sa tête, presque aussi grosse que la sienne, regardait par-dessus son épaule.

— La première : pour se défendre contre une attaque et…

Vic était maintenant enrobé de serpent, des cuisses à la tête. On apercevait seulement quelques morceaux de son visage entre les anneaux. Mais il n'en laissa rien paraître dans son monologue et ses mains continuèrent à ponctuer tranquillement ses paroles plutôt que de saisir le serpent à bras-le-corps pour s'en débarrasser, comme on aurait pu s'y attendre.

— Une fois que la victime ne respire plus, le serpent lèche son corps pour qu'elle soit plus facile à avaler.

La voix de Vic avait perdu de son intensité, mais nous pensions tous qu'elle était simplement atténuée par les couches de serpent autour de sa bouche. Nous distinguions encore la plupart des mots.

— Les Aborigènes apprécient beaucoup la viande de ce python arboricole…

Sa voix n'était plus qu'un murmure essoufflé, mais tout le monde, moi y compris, pensait que ça faisait partie du numéro.

— C'est sans doute dû à leur habitat, en pleine forêt vierge, à moins peut-être…

La voix de Vic s'interrompit complètement et ses mains suspendirent leurs illustrations gestuelles et se mirent à tirer la portion de serpent autour de son cou. Il tituba. Les badauds proches de la barrière déguerpirent.

Le numéro était devenu trop réaliste ; je bondis sur l'estrade, suivi de deux ou trois spectateurs courageux, saisis la queue du serpent et me mis à le débobiner. Le python n'apprécia pas, il se mit à siffler et à projeter sa grosse tête noire vers nous. Je connaissais assez les serpents pour savoir que sa morsure ne serait pas particulièrement dangereuse mais, confronté aux ondulations de la bête et à la gueule qui sifflait et dardait sa langue fourchue, cette connaissance se révéla purement théorique et mes sensations atteignirent un degré de terreur absolue.

Il m'était cependant impossible de laisser Vic se faire étrangler en public, même s'il venait juste d'expliquer à ce public que les pythons n'étranglaient jamais leurs victimes.

Nous réussîmes à dégager suffisamment de serpent pour voir le visage de Vic, qui avait tourné au vermillon. Sa figure crasseuse, striée de sueur, ressemblait à une fraise cueillie dans un jardin boueux. Dès qu'il fut capable de parler, il dit :

— On croit souvent que les serpents, en particulier les pythons, sont des créatures très robustes, mais c'est *complètement faux.*

Nullement décontenancé, Vic poursuivit donc son discours tout en fourrant le python dans son sac. La foule, persuadée qu'il s'agissait d'un numéro longuement répété, l'acclama.

Les applaudissements encouragèrent peut-être Vic. Plutôt que de se remettre de ses émotions en exposant une sélection de reptiles moins dangereux, il ouvrit un petit sac qui se tortillait violemment et en sortit un taïpan surexcité.

Le taïpan n'est pas seulement un serpent mortel, il a une tête de serpent mortel. Mince comme un fouet et extrêmement vif, ce spécimen brun d'environ un mètre s'entortilla autour du bras de Vic, lança des regards furieux à la foule, approcha sa gueule assassine du visage du montreur et darda la langue.

— On considère souvent que le taïpan est un serpent très agressif qui attaque sans provocation, expliqua Vic. C'est *complètement faux*.

Il déroula le serpent de son bras et le brandit devant le public.

— Je vous prie de noter que je manipule le serpent avec lenteur et sérénité. Cette méthode permet de ne pas affoler l'animal. Ce reptile, qui est pourtant habitué aux bruits et à la foule, est aujourd'hui dans un état d'excitation extrême et il se déplace rapidement. Il est donc dangereux, car, s'il n'était pas manipulé de façon calme et professionnelle, il serait, de toute évidence, prêt à mordre.

C'est le moment que choisit le taïpan pour enfoncer ses crochets dans la gorge de Vic.

Un taïpan est d'une rapidité foudroyante : dans son rayon d'action, il est impossible de lui échapper. La gorge de Vic était toute proche de ses crochets. Le taïpan ondula une seconde, se précipita dans un flash, mordit Vic et se retira, mais si rapidement que l'action parut irréelle. L'attaque, la morsure et le retrait avaient pris moins de temps qu'un piège à souris pour se refermer.

Vic porta la main sur la morsure et lança un regard plein de reproche au serpent.

— Ça alors, c'est tout à fait inhabituel, annonça-t-il posément. C'est la première fois que je me fais mordre par un de mes serpents.

La foule, épouvantée et silencieuse, ignorait si elle assistait à un nouveau coup monté ou si Vic avait réellement été mordu par un serpent mortel. Je savais qu'il avait été vraiment mordu et j'étais horrifié. Presque aussi horrifié que réticent à l'idée d'aider Vic à se débarrasser du taïpan, qui paraissait, quant à lui, bien plus heureux et décontracté qu'avant.

Mais Vic était imperturbable.

— Cette morsure aurait été très dangereuse, probablement fatale, si l'un de vous avait été touché...

Une écume blanche surgit alors de sa bouche, ses yeux tournèrent dans sa tête pour ne laisser que deux bulbes blancs et son corps devint rigide. Un gémissement inhumain s'échappa de sa poitrine et lutta pour remonter le courant de bave dans sa gorge. Pris de convulsions, Vic jeta les mains au-dessus de la tête. Le taïpan fit un vol plané sur la foule prise de panique. Vic s'effondra sur le dos, raide, les bulles d'écume autour de ses lèvres constituant le seul signe de vie.

Le serpent survola longuement la foule et quand il finit par tomber, il atterrit sur les genoux d'un jeune tétraplégique en fauteuil roulant. C'était sans doute un moindre mal, car s'il devait tomber sur quelqu'un, mieux valait que celui-ci ne puisse pas bouger. Il glissa des genoux du jeune et rampa en toute hâte vers les broussailles.

Perché sur l'estrade, je hurlai qu'on appelle une ambulance et qu'on tue cette saleté de taïpan, en désaccord total avec la position de Vic sur la protection de la faune régionale.

Quand il arriva à l'hôpital, Vic était presque entièrement noir. Toutes les veines de son corps s'étaient effondrées, on aurait dit qu'il avait été brutalement et systématiquement passé à tabac. Il respirait avec peine, bavait copieusement et émettait toujours d'atroces sons bestiaux. Il passa une semaine dans un poumon d'acier et trois mois à l'hôpital. Il n'a jamais plus touché un serpent de sa vie.

Nous avons organisé une battue pour rechercher le taïpan, mais nous ne l'avons jamais retrouvé. Si ça se trouve, il traîne encore aujourd'hui sur les rives de la Hawkesbury.

Actifs liquides

Sans craindre de trop m'avancer, je crois pouvoir me targuer d'être le seul écrivain en Australie – voire au monde – à avoir administré un lavement à un pachyderme.

L'éléphante, qui s'appelait Annie, se trouvait dans la ferme de mon ami Alan Trevor, au nord de la Nouvelle-Galles du Sud. Alan s'occupait d'elle pendant les congés d'un cirque ambulant.

De taille moyenne, paisible et docile, l'éléphante ne faisait rien d'autre que manger d'énormes quantités de foin et de fruits un peu pourris. Elle avait un visage gris et ridé, avec de doux yeux marron aux longs cils.

Alan avait monté un petit business parallèle pour vendre les excréments de l'animal comme engrais, car son fumier s'était avéré particulièrement efficace. C'est avec une certaine fierté qu'il me montra plusieurs sacs de crottes d'éléphant prêts à la vente.

— Elle en produit des tonnes, m'expliqua-t-il. Si ça continue, je vais devoir les déclarer au fisc comme actifs.

Le terme resta et il se référait toujours à ses « actifs » pour parler du fumier.

Jusqu'au jour où les crottes cessèrent de tomber.

— Voilà deux jours qu'il s'est rien passé, dit Alan. Il y a une tonne d'actifs bloqués dans les conduits.

On appela le vétérinaire de toute urgence.

Quand il arriva, Annie avait renoncé à manger et elle restait debout, visiblement mal en point, le ventre de plus en plus ballonné. Son aspect devenait comique ; on aurait juré un ballon en forme d'éléphant sur le point de s'envoler. Alan, qui avait un penchant pour l'humour noir, avança qu'elle allait peut-être monter au ciel pour de bon et que ce serait un moyen de se débarrasser du corps.

— Les autorités risquent de s'y opposer, ajouta-t-il. La mise en orbite de plusieurs tonnes d'éléphant est sans doute considérée comme dangereuse.

Les yeux mélancoliques d'Annie se tournèrent vers Alan, qui eut le tact de changer de sujet.

Le véto, qu'il connaissait bien, était un quinquagénaire trapu, vigoureux, épais et barbu.

Il examina Annie prudemment.

— Alors comme ça, pas de crotte depuis deux jours ?

— Au moins, répondit Alan.

Notre dernière vérification remontait à deux jours.

Après une longue réflexion, le véto nous dit :

— C'est la première fois que je soigne un éléphant, mais j'imagine que c'est pas très différent des bovins.

Il s'approcha d'Annie et pressa fort la panse ballonnée. Annie lui tapota tendrement l'épaule de sa trompe.

— C'est un peu comme ausculter un dirigeable, observa le véto. Quelqu'un sait-il combien d'estomacs a un éléphant ?

Personne ne le savait.

— Bon, elle a manifestement une occlusion intestinale, reprit le docteur. Mais Dieu seul sait à quoi c'est dû. Un nœud dans les intestins, une tumeur ou un bon vieux cas de constipation. Impossible de le savoir.

— Tu penses qu'elle est gravement malade ? demanda Alan.

— Elle a l'air prête à exploser. S'il s'agissait d'une vache, je dirais que c'est à cause du ballonnement et j'essaierais de la désenfler en lui perforant l'estomac, mais...

Il désigna l'énorme boursouflure qui nous surplombait tous et haussa les épaules.

— Tu crois que sa vie est en danger ? s'enquit Alan.

— Ma foi, je lui donne guère plus qu'une demi-heure. Tu vois, ce qui se passe, c'est qu'elle a une grande quantité de matières végétales à l'intérieur du corps, mais que rien sort. Les matières fermentent et produisent des gaz. Ses intestins forment un ballon gonflé à bloc qui pousse contre ses organes vitaux. L'un d'eux finira forcément par céder, à moins qu'elle arrive plus à respirer. Si on pouvait la faire éructer, ça la soulagerait, puisque rien ne sort de l'autre côté, mais nom de Dieu, comment fait-on roter un éléphant ?

Nous étudiâmes la question, en vain.

— Je vais passer un coup de fil à un collègue du zoo, il pourra peut-être nous conseiller.

Le vétérinaire partit téléphoner tandis qu'Alan et moi observions tristement Annie, sans dire un mot. Elle était à présent si gonflée qu'elle semblait incapable du moindre mouvement, et son apparence n'avait jamais été si proche de celle d'un énorme ballon de baudruche ou d'une peluche aux proportions gigantesques. Elle affichait tous les signes de l'explosion imminente et nous eûmes un mouvement de recul instinctif, pour éviter une éventuelle déflagration cataclysmique.

Le véto revint d'un pas empressé, l'air absolument ravi.

— Parfait, dit-il, nous allons lui administrer un lavement !

Une décision qui ne suscita pas un enthousiasme délirant de notre part. Alan rompit le bref silence en demandant :

— Et comment on s'y prend ?

Le véto examina Annie en se frottant les mains.

— Trouve-moi ton plus gros récipient d'eau – un bidon de deux cents litres serait idéal – ; je le veux bien propre, rempli d'eau, et il me faut vingt litres de détergeant, biodégradable. J'ai aussi besoin d'une pompe, à main ou à pied, sur laquelle je puisse attacher un tuyau de vingt ou trente mètres. Tu peux me trouver tout ça ?

Nous étions silencieusement absorbés à imaginer la mise en place du dispositif, puis Alan réagit :

— Oui, je peux te trouver tout ça.

Sur quoi il partit trouver tout ça.

Quatre fermiers voisins qui avaient eu vent de nos soucis nous rejoignirent pour rigoler un bon coup. Ils se placèrent à une dizaine de mètres et, depuis leur périmètre de sécurité, observèrent la scène avec le plus vif intérêt. Pendant ce temps, Alan, le véto et moi-même nous plaçâmes derrière Annie avec le bidon plein d'eau savonneuse et une pompe à pied efficacement reliée au tuyau en plastique.

Désigné au pompage, j'avais l'inconvénient malencontreux d'être placé plus ou moins directement derrière

Annie et assez proche d'elle. On m'ordonna de pomper pour tester le mécanisme et le tuyau projeta un jet d'eau satisfaisant.

— Bien, annonça le véto. Je vais donc l'introduire. C'est une bête docile, n'est-ce pas ?

— Je vais aller lui tenir la tête, s'empressa d'offrir Alan, pour être sûr qu'elle bouge pas.

— Bon, reprit le véto. Tout est prêt. Tu es sûre qu'elle va supporter l'opération ?

— C'est une première, observa Alan en posant la main sur la trompe d'Annie. Mais t'en fais pas, je la tiens.

Si l'envie avait pris à l'éléphant de protester, Alan aurait été aussi efficace qu'une sardine essayant de bloquer une baleine.

— C'est parti, dit le véto.

Au début de l'opération, Annie se retourna et nous lança un long regard d'extrême reproche, puis elle reprit sa position initiale, en laissant pendre la tête jusqu'à ce que sa trompe traîne par terre. Notre éléphante était complètement atterrée.

— Le souci, précisa le véto, c'est que j'ai aucune idée de la longueur d'un gros intestin d'éléphant. Je vais introduire le tuyau jusqu'à ce qu'il s'arrête en espérant pas faire de dégâts. Mais j'imagine que ces bêtes-là ont les boyaux solides.

Il enfonça vigoureusement le tuyau, qui s'engouffra sur une très grande longueur. Je pompais. Annie gonflait. Le niveau d'eau du bidon chutait rapidement. Je commençais à avoir mal à la jambe.

Quand dix mètres de tuyau eurent disparu, le véto s'arrêta.

— Rien pour l'instant, dit-il. Continue à pomper et nous verrons si nous pouvons la laver à grande eau.

Je pompais. Annie enflait toujours. Dangereusement. Le bidon était à moitié vide. Il y avait une énorme quantité d'eau à l'intérieur d'Annie.

— À ton avis, que va-t-il se passer ? demandai-je, mais un peu tard.

— L'inévitable, répondit le véto. Sois prêt à esquiver le coup.

Je m'y préparais depuis un moment déjà. Je jetai un coup d'œil jaloux aux quatre fermiers voisins qui ricanaient comme des bossus, à cinq ou six mètres derrière moi.

— OK, dit le véto. On continue.

Le tuyau reprit sa pénétration. Je pompais. Annie gonflait. Le bidon était presque aux trois quarts vide. Ma jambe droite me faisait atrocement mal.

— Le souci, poursuivit le véto, c'est que je peux me tromper. Si l'occlusion n'est pas soluble, son état ne fera qu'empirer. Mais je ne vois pas d'autre solution. Continue de pomper.

Je continuai de pomper. Annie continua de gonfler. La tension augmentait gravement. Il allait forcément se passer quelque chose.

Il se passa quelque chose.

Un bruit comme un déchirement de toile, d'une force insupportable, sans interruption, éclata comme un grondement furieux d'artillerie lourde. Je me jetai de côté et atterris sur le dos. Le ciel s'assombrit devant mes yeux : un nuage noir bloquait le soleil. D'une roulade, je déguerpis et me retournai, à quatre pattes.

Un orage noir de dix mètres de long et cinq de large obscurcissait ma vue, le tonnerre qui l'accompagnait m'assourdissait. C'était stupéfiant, et je fus encore plus stupéfait de voir émerger quatre silhouettes brunes et dégoulinantes. Elles titubaient, les mains sur le visage pour s'essuyer les yeux. Les quatre fermiers hilares avaient mal mesuré leur périmètre de sécurité.

Le véto débordait de joie.

— On a gagné ! On a gagné ! hurlait-il par-dessus le tonnerre.

Je ne voyais que ses jambes, le reste de son corps était de l'autre côté du nuage noir.

L'affaire prit près de deux minutes. Quand elle fut conclue, Annie – sensiblement rétrécie et visiblement soulagée – avait déjà commencé à brouter. Le tuyau s'était automatiquement dégagé.

Les fermiers se roulaient dans l'herbe pour tenter de se nettoyer. Alan riait comme une clé à molette. Le véto se vantait d'avoir guéri Annie. Ce n'était qu'une simple occlusion. Rien de grave, pas de quoi s'inquiéter.

Alan était en proie à un fou rire hystérique et répétait sans cesse la même phrase. Que disait-il ? Je me relevai et tendis l'oreille.

— J'ai récupéré mes actifs liquides ! disait-il en boucle. J'ai récupéré mes actifs liquides !

Quelques spécimens intéressants

Je chassais les papillons dans la péninsule du cap York quand je faillis assister, de bien trop près à mon goût, à la mort violente d'un être humain.

J'attrapais des papillons et tous les autres insectes que je trouvais pour un ami collectionneur professionnel. Il me versait une somme modique pour les spécimens que je lui envoyais – un montant si dérisoire, en fait, que, selon mes calculs, si je comparais mes frais et mes rentrées d'argent, chaque spécimen me coûtait environ vingt dollars.

Mais c'était un bon prétexte à mes balades dans le bush. Car à la première question que tout le monde vous pose dans le Nord : « Qu'est-ce que vous faites ? », il est plus acceptable de répondre « Je recherche des insectes » que « J'écris des livres ». Ce n'est pas beaucoup plus respectable, mais un petit peu plus.

Un beau matin, alors que j'avais installé mon camp dans un bosquet de pandanus, à une cinquantaine de kilomètres de Weipa, j'entendis un bruit de moteur.

Un quart d'heure plus tard environ, un 4 × 4 de la police descendit la piste. Le chauffeur se dirigea vers moi dès qu'il aperçut mon camp. Rien d'inhabituel à ça – tout le monde se parle, sur la péninsule.

Trois hommes descendirent de la voiture. Tout d'abord, le policier, bel homme, la trentaine, impeccablement vêtu de son uniforme de brousse : short, chemise et chapeau à large bord. Les deux autres, à peu près du même âge, étaient dépenaillés, louches, et un, très bien bâti, n'avait pas l'air commode. Sous une épaisse chevelure brune, sa barbe était noire et ses yeux durs et sombres. L'autre était mince, presque chauve, plus ou moins bien rasé, avec des yeux durs, humides et bleus.

— Salut, dit le policier.

— Salut, répondis-je.

— Salut, salut, dirent les deux civils.

— Salut, leur dis-je.

Suivit une pause inévitable, longue et contemplative.

— Fait chaud, reprit le policier.

— Oui, répondis-je avant de m'empresser de souligner : Ouais.

— Pour cette époque de l'année, ajouta-t-il pour se justifier.

— Ouais, approuvai-je.

Une autre pause, assez longue.

Puis le policier aborda la question qui le préoccupait, visiblement gêné par l'inconvenance de sa précipitation.

— Vous auriez pas vu un type, à pied, ces deux derniers jours ?

— J'ai vu un Murri[1] sur la plage avant-hier.

Je regrettai immédiatement mes paroles, car il me vint à l'esprit que le policier participait à une chasse

1. Aborigène du Queensland.

à l'homme et je n'avais aucune intention de jouer les indics, en tout cas pas avant de savoir pourquoi l'homme était poursuivi.

— Non. Un Blanc.

— À pied ? m'étonnai-je.

On ne voyait jamais de Blanc à pied dans cette région.

— Ouais, dit le policier, probablement.

— Non. J'ai vu aucun Blanc, ni à pied ni autrement. Qu'a-t-il fait ?

— Rien. Il s'est perdu, c'est tout. Et vous, qu'est-ce que vous faites ici ?

— J'attrape des insectes.

— Ah. (Longue pause.) Vous en trouvez beaucoup ?

Ouais.

— Tant mieux.

Une autre pause.

— Vous avez vu des crocodiles ?

— Ouais. Quelques-uns.

— Dans les ruisseaux, vous voulez dire, des petits ?

— J'en ai vu un de deux mètres, rétorquai-je, piqué au vif.

— D'accord, mais des bêtes d'eau douce. Vous avez pas vu un gros croco d'estuaire par hasard ?

— Non. Mais je ne me suis pas beaucoup approché de la mer.

— Ils vont loin à l'intérieur des terres, vous savez. Vous devriez faire attention, en camping.

— Ils ont déjà emporté quelqu'un ?

Le policier arracha une tige d'herbe et la mâchouilla.

— C'est peut-être ce qui est arrivé au type qu'on recherche. Il campait avec ses potes, expliqua-t-il en désignant les deux civils, il est parti se promener tout seul. Il est jamais revenu. Et depuis, aucun signe de vie.

— Et ça s'est passé où ?

— À une demi-heure d'ici en suivant la piste. En tout cas, si vous le voyez, dites-lui qu'on le cherche.

— Bien sûr.

Ils s'en allèrent et je repris ma chasse aux insectes, tout en surveillant les crocodiles du coin de l'œil. J'avais toujours pensé qu'ils restaient dans l'eau ou à proximité, qu'ils n'attaquaient que les baigneurs ou le bétail qui se désaltérait. L'idée de crocodiles sillonnant la brousse me paraissait aussi improbable qu'inquiétante. Je me dis alors que le policier m'avait peut-être fait marcher. Il ne faut s'étonner de rien, dans le Queensland.

En fin d'après-midi, l'agent, qui s'appelait Jack, me rendit une nouvelle fois visite, mais sans les civils.

— Vous l'avez trouvé ?

— Non. Vous avez vu personne ?

— Non.

Jack s'accroupit sur une jambe comme le font tous les habitants au nord du tropique du Capricorne. J'essayai de l'imiter, mais la position m'était si inconfortable que je m'assis par terre.

— On a trouvé ses vêtements, m'annonça Jack.

— Ses vêtements ?

— Ouais. Chaussures, chaussettes, pantalon et chapeau, le tout bien empilé sous un arbre. Il a dû les enlever et les poser là.

— Mais pourquoi ?

— Il a sans doute voulu se rafraîchir dans le ruisseau. Y a un peu d'eau à cet endroit. Assez pour tenir assis.

— Quelle conclusion en tirez-vous ?

— Un croco l'a peut-être eu.

Cette pensée pesa lourdement entre nous.

— Bien sûr, y a peut-être une autre explication, ajouta Jack.

— Comme quoi ?

Le policier réfléchit.

— Ben, il veut peut-être se faire oublier. Disparaître. Faire croire à tout le monde qu'il s'est fait manger par un croco ou qu'il s'est perdu.

— Pourquoi ferait-il ça ?

Jack haussa les épaules.

— Allez savoir. Ça arrive assez souvent. Un gars en cavale, ou qui veut s'éloigner de sa femme ou d'autre chose. C'est pas rare. Mais il finit toujours par ressurgir. Et on peut l'inculper, vous savez...

— De quoi ?

— Entrave à l'ordre public. On peut pas s'attendre à ce que des types comme moi sillonnent le pays à la recherche de gens qui sont ni perdus ni morts.

— Sans doute que non.

— Ou alors... lança Jack d'un ton pondéré, il s'est peut-être fait descendre. L'idée m'a traversé l'esprit hier, mais j'en suis pas si sûr maintenant.

— Mais qui l'aurait descendu ?

— Ses potes, pardi.

Jack semblait surpris que j'aie posé une question aussi évidente. Je revis les yeux durs des « potes ».

— Pourquoi ?

Il haussa encore une fois les épaules.

— Ça arrive. Une dispute pour de l'argent, pour une femme, allez savoir. Ça arrive.

— Qu'est-ce qu'ils font dans le coin ?

Nouveau haussement d'épaules.

— Soi-disant qu'ils pêchent. Mais, à mon avis, ils braconnent.

— Qu'est-ce qu'ils braconnent ?

— Des crocos. Ils sont protégés, vous savez. Leur peau vaut une fortune.

— Dans ce cas, vous ne pensez pas qu'ils ont... descendu... leur pote, si ?

— Non. Ses habits étaient trop bien empilés. Ces deux types auraient jamais réussi à les enlever si proprement sur un cadavre. De toute façon, ils sont pas assez futés pour concocter une fausse piste de ce genre. Non, à mon avis, il s'est vraiment fait bouffer par un croco.

— Vous pouvez pas faire grand-chose, dans ce cas.

— Sauf que je serai obligé de récupérer le croco.

— Comment ?

— Oh, je vais suivre les traces jusqu'à ce que je le trouve. Ça doit être une belle bête.

— Mais quelle est l'utilité ?

— C'est pour retrouver le corps. S'il est pas encore digéré. Après je dois abattre le croco.

— Pourquoi ? Vous venez de dire qu'ils sont protégés. N'importe quel gros crocodile est dangereux. C'est pas parce qu'il a tué un homme que celui-là l'est plus qu'un autre.

— Non. Mais on les abat systématiquement s'ils ont tué quelqu'un. Quand on les trouve.

Aussi logique que d'abattre un arbre parce qu'une de ses branches est tombée sur quelqu'un, à mon sens, mais je décidai d'éviter le débat.

— De toute façon, poursuivit Jack, il s'est peut-être simplement perdu, ou il traîne encore dans le bush, ou alors il s'est barré.

— Qu'est-ce que vous comptez faire ?

— Je vais retourner au poste voir ce qu'en pense le patron, dit-il en se levant. À plus tard. Si vous le voyez, oubliez pas de lui dire que je le cherche. Vous le reconnaîtrez facilement, il sera nu comme un ver. À plus tard.

— Au revoir.

Il me rendit une nouvelle visite le lendemain matin, sous prétexte de me demander si je n'avais toujours pas vu le disparu, mais en réalité parce qu'il appréciait ma compagnie.

J'avais plus ou moins épuisé les nouveaux spécimens de la région, mais j'avais envie de rester dans le coin pour connaître le fin mot de l'histoire.

— Mon patron trouve que l'affaire est un peu louche. Il veut que je continue à fouiller et que je découvre ce qui est arrivé à ce pauvre type.

— Est-ce que... votre patron... penche pour la thèse du crocodile ?

— Il dit qu'on doit trouver des traces si c'est le cas. C'est bien possible. Faut dire que le ruisseau où on a retrouvé ses affaires est tout petit – on peut l'enjamber. Si le croco l'a eu quand il était assis dans l'eau, il devrait y avoir un peu de sang et d'autres trucs sur le bord – à moins que l'eau n'ait tout nettoyé. Si le croco l'a eu hors de l'eau, il doit rester des traces – jusqu'à ce que les fourmis fassent le nettoyage. Dommage qu'il ait pas porté ses vêtements. Il reste toujours quelque chose d'un macchabée habillé.

— Les crocos emportent beaucoup de gens par ici ?

— Non. Quelques gamins mûris, quelques vieux. Mais les gens meurent de tout un tas de façons, et les chiens, les oiseaux, les fourmis et les cochons tardent pas à nettoyer – c'est pas rare que les os disparaissent complètement, mais il reste presque toujours un bout de vêtement. On a tous ceux de notre homme, mais il les a sans doute enlevés tout seul. Il a même mis sa montre dans la poche de son pantalon.

— Comment un crocodile aurait-il pu l'attraper hors de l'eau, ou dans un petit ruisseau ? Il l'aurait tout de même bien entendu venir, non ?

— Non. Ils sont aussi rapides qu'un cheval au galop sur les petites distances. Une fois, sur la côte, j'en ai vu un bondir de l'eau et poursuivre une grosse vache. Elle avait pas la moindre chance de s'en tirer. Elle l'a vu s'approcher et elle a essayé de s'enfuir au galop, mais il l'a terrassée et traînée par une patte arrière jusque dans l'eau. Vous avez déjà vu courir de gros lézards ? Un croco est aussi rapide. Mais seulement sur une petite distance.

Il se roula une cigarette.

— De vraies saloperies, ces crocos. Surtout les gros. Je sais pas pourquoi c'est une espèce protégée. J'ai failli marcher sur un l'an dernier. Tenez, c'est une autre de leur méthode : ils restent là, raides comme des bouts de bois, on trébuche et vlan !, c'est fini. Heureusement, le mien avait pas faim. Il s'est contenté de se dresser sur les pattes arrière et de mugir comme un taureau. Il m'a foutu la trouille de ma vie.

— Qu'est-ce que vous avez fait ?

— Je l'ai réduit en poussière. Ils sont une cible facile quand ils se dressent comme ça. Le ventre est la partie la plus tendre. Alors que, sur le dos, une balle de .303 risque de rebondir si on tire n'importe comment.

On ne sait jamais quel pourcentage croire des histoires qu'on vous raconte sur les animaux dans le Nord. J'en ai entendu des dizaines, de celles de serpents qui poursuivent et réussissent à attraper un homme à moto, à celles de buffles qui chargent et renversent des véhicules, en passant par des cochons sauvages d'une taille et d'une férocité inimaginables qui éventrent des chevaux. Cela dit, mon policier semblait s'y connaître en crocodiles.

— Si vous saviez le boucan qu'ils font quand ils se reproduisent. Abominable. Le mâle passe son temps à vagir. C'est pas comme un accouplement normal. Il rassemble quelques femelles dans un lagon et il les viole, purement et simplement. Des brutes épaisses. Mais attention, les femelles sont pas plus tendres. Elles pondent puis surveillent leurs œufs longtemps et gare à qui s'approche du nid. Après quoi, elles se barrent et les abandonnent. Le bébé croco brise la coquille en ouvrant le bec et en sifflant comme un jeune dragon. Saletés. Mais bon...

Il se leva et lança son mégot dans les cendres du feu.

— Je ferais mieux d'aller voir si je peux retrouver celui qui nous intéresse. « Le cadavre ou le mec », comme m'a dit mon patron.

Il revint en milieu d'après-midi et, comme j'avais l'impression de mieux le connaître, je lui offris une bière. Il l'accepta, se roula une cigarette, l'alluma, but une gorgée et s'accroupit.

— Pas de chance ?

— Si, enfin... si on peut dire.

— Vous l'avez trouvé ?

— On a trouvé ses jambes.

Un silence soudain s'installa dans le bosquet de pandanus tandis que ces quelques mots s'imposaient avec une force sidérante. Après avoir longuement digéré la réalité des faits, je ne pus rien faire d'autre que répéter :

— Trouvé ses jambes ?

— Ouais. À cinq minutes de marche de ses habits. Dans les buissons.

— Je vois.

Le sujet était à la fois répugnant et intriguant. Je ne me sentais pas très bien, mais je voulais en savoir plus.

— Comment… je veux dire… comment avez-vous retrouvé les… euh… les jambes ?

— J'ai entendu les mouches.

J'aurais mieux fait de ne pas demander.

Jack tirait sur sa cigarette.

— Je comptais pas en retrouver autant, dit-il pensivement. Normalement, le croco rapporte la proie dans sa tanière ou l'avale tout rond, sur place.

— C'était peut-être autre chose qu'un crocodile, dis-je bêtement.

— Ah, ouais, j'y ai pensé. Mais les jambes n'étaient pas sciées. On voit très nettement les traces de morsure. Ce devait être un sacré bestiau.

— Qu'est-ce qui s'est passé, à votre avis ?

— Oh, c'est évident. Le pauvre bougre s'est assis dans le ruisseau pour se rafraîchir et le croco l'a attrapé. Comme il y avait pas assez d'eau pour le noyer – c'est ce que font les crocodiles d'habitude, ils tiennent leur proie sous l'eau jusqu'à ce qu'elle se noie –, il a dû partir avec lui, à la recherche d'un ruisseau plus profond. Puis il s'est arrêté en route et l'a dévoré.

Les mots étaient presque impossibles à entendre. J'avais du mal à accepter que pendant que je parcourais les fourrés à la recherche de spécimens ce drame épouvantable s'était déroulé à deux pas de là.

— Mais pourquoi laisser les jambes ?

— J'en sais rien. C'est ce qui me chiffonne, d'ailleurs. Peut-être qu'il l'a pas mangé sur place. Peut-être que le type se débattait et qu'il lui a fallu du temps pour l'achever. J'aurais pas cru pourtant – l'herbe est aplatie et tassée, mais maintenant que les fourmis et les oiseaux sont passés par là, on n'a plus beaucoup d'indices.

— Qu'est-ce que vous allez faire ?

— Ramener les jambes en ville, répondit-il en pointant le menton vers son véhicule.

Je réalisai pour la première fois que les restes monstrueux s'y trouvaient.

— Après j'irai prendre du plastic et chercher le croco.

Je m'autorisais des pauses un peu longues avant chacune de mes répliques, mais ce n'était pas grave car dans le Nord les conversations sont naturellement lentes.

— Il sera facile à trouver ?

— Normalement, oui. Il a pas pu aller bien loin après avoir autant bouffé. Il va chercher un trou d'eau et s'y terrer pour digérer. Faut que je le retrouve avant.

J'avais du mal à me représenter l'affaire. Il m'aurait semblé plus convenable de permettre au croco de digérer sa proie plutôt que de récupérer les restes infâmes pour les enterrer, mais ce n'étaient pas mes affaires.

— Vous allez vous y prendre comment ?

— Je vais suivre le ruisseau et plastiquer tous les trous d'eau profonde que je trouve. Ça devrait pas durer très longtemps. Inutile d'y passer plus d'une semaine – il restera plus rien à l'intérieur du ventre.

— Vous y allez tout seul ?

— Avec les potes du type. Ça vous dit de nous accompagner ? Ça devrait être intéressant.

Chaque fois que je fais quelque chose dont je ne suis pas très fier, je me rabats sur l'excuse de l'instinct de l'écrivain, mais c'est probablement une vague curiosité morbide qui me poussa à accepter.

Jack vint me chercher tôt le lendemain matin et nous parcourûmes la piste dans son véhicule.

Les deux civils nous attendaient à leur camp et je fus surpris par leur humeur joviale. Je n'avais jamais connu le disparu, mais son démembrement m'avait plombé. Peut-être étaient-ils simplement soulagés d'être dégagés de tout soupçon. Jack ne fit aucune présentation. Il ne les tenait pas en grande estime. Les deux hommes semblaient accepter cet état de fait et restaient discrets.

Le policier prit un sac, plein de plastic, et un gros fusil dans son véhicule. Les civils portaient de vieux fusils de l'armée et de petits sacs. Nous pénétrâmes ensemble dans les broussailles.

Jack et moi entrâmes d'abord, les deux hommes à une certaine distance derrière nous. Cet ordre n'avait pas été délibérément établi, mais j'eus l'impression qu'il obéissait à la volonté de Jack. Par son incroyable présence, il avait établi une atmosphère où il était l'expert ; j'étais l'observateur invité, et les deux autres des participants tout juste tolérés en raison de leur implication dans l'affaire.

— Voici l'arbre où on a trouvé ses vêtements, expliqua Jack après quelques minutes de marche. Et le ruisseau.

Il me montra un filet d'eau qui s'échappait des buissons et dont le lit étroit traversait une clairière.

— D'après moi, il s'est assis là pour se rafraîchir. Le croco a surgi des fourrés et l'a emporté. À moins que le croco ait été là depuis le début et que le pauvre type soit tombé dessus. Allez, je vais vous montrer où nous avons trouvé les jambes.

Nous poursuivîmes notre route.

— Vous craignez pas que le crocodile soit encore très proche ? Lui ou un autre, d'ailleurs…

— Y en aura pas d'autre, me répondit Jack. On a affaire à un gros mâle. Il tolérerait pas la présence d'un autre. Pas même de femelles à cette époque de l'année.

Nous marchâmes quelques minutes encore. Les mouches étaient infernales et la chaleur insupportable.

— C'est ici qu'on a trouvé les jambes, finit par annoncer Jack. Je repérai quelques touffes d'herbes qui auraient pu être agitées récemment, mais ça ne voulait rien dire.

— Ma théorie, commença Jack, c'est que le croco s'est emparé de lui, soit dans le ruisseau, soit entre le ruisseau et ses vêtements. Comme c'est ici qu'on a trouvé les jambes, il est forcément passé ici. Il devait se diriger vers un trou d'eau, le long du ruisseau, alors à mon avis, comme le cours fait des méandres, si on suit une ligne droite de ses habits jusqu'ici, on tombera sur le ruisseau et on pourra le suivre jusqu'à ce qu'on trouve des trous d'eau.

Il ne me demandait pas mon avis, il m'expliquait comment il procédait.

Nous entrâmes dans les broussailles. Jack marchait vite, sans manifester de crainte apparente, mais il avait son fusil à la main et le doigt proche de la sécurité.

Il avait raison, comme c'est habituellement le cas avec ce genre d'hommes, et nous croisâmes bientôt le ruisseau. Nous avancions en file indienne, les pieds dans l'eau, avec Jack en tête – le fusil prêt à tirer –, suivi par moi, inquiet, et par les deux civils qui avaient resserré l'écart entre nous. Jack se tourna brusquement et leur demanda si leurs fusils étaient armés.

L'un admit que oui.

— Bon, désarmez-le et portez vos fusils sur l'épaule.

Je n'avais pas songé à m'inquiéter d'être suivi par deux hommes avec des fusils chargés, mais je me rendis compte que j'aurais dû et fus reconnaissant envers Jack d'y avoir songé.

Une vingtaine de minutes plus tard, le ruisseau s'élargit en une grande mare d'eau stagnante, bordée de pandanus et de plusieurs beaux eucalyptus. La surface de l'eau était recouverte d'algues vertes qui avaient été dérangées.

— Il se pourrait bien qu'il soit là, dit Jack en nous demandant de faire le tour de la mare pour repérer des traces de crocodile.

De nombreuses touffes d'herbe avaient été écrasées par quelque chose, mais il y avait également des excréments de buffle et de cochon sauvage.

— S'il est dedans, il a peut-être une cachette sous la rive, dit Jack. C'est ce qu'ils font avec le bétail : ils l'emportent dans leur trou et le laissent pourrir un peu. Mais cette mare me paraît un peu petite pour une tanière permanente. S'il s'y trouve, il s'est glissé sous l'eau dès qu'il nous a entendus approcher.

J'observai l'eau immobile de la mare en me demandant si sous cette surface opaque un reptile énorme se prélassait avec un homme dans le ventre.

— On plastique quand même, annonça Jack en fouillant dans son sac.

Sa technique était on ne peut plus simple. Il plaçait quelques bâtons de dynamite avec un détonateur dans un récipient. Puis il le reliait par un fil à la manette du détonateur, actionné par une petite pile. Il lança le récipient au centre de la mare en débobinant le fil.

— On tiendrait à peine debout, observa-t-il quand le fil cessa de se dévider. Ça va faire un sacré boum dans de l'eau aussi peu profonde. On ferait mieux de s'éloigner un peu.

— L'explosion va-t-elle le tuer ? demandai-je.

— Probablement. Ça devrait l'aplatir et l'étriper. S'il est pas mort, il en sera pas loin.

— Pas de risque qu'il se précipite hors de la mare ?

— Aucun. Il sortira peut-être la tête après quelque temps pour jeter un coup d'œil et voir s'il y a quelque chose à se mettre sous la dent. Mais ça m'étonnerait qu'il veuille encore casser la croûte. Il doit simplement vouloir qu'on lui fiche la paix.

Les commentaires de Jack me semblaient parfois terriblement insensibles, mais j'imagine qu'il n'avait pas d'autre moyen de faire son boulot.

Nous reculâmes tous de quelques pas et j'appuyai sur le détonateur. Pour un sacré boum, ce fut un sacré boum. Un énorme jet d'eau boueuse et d'algues s'envola vers le ciel, une rive s'affaissa et un grand eucalyptus s'effondra lentement dans la mare. Deux gros poissons-chats, un barramundi et une anguille se tortillaient dans l'herbe à nos pieds et nous étions trempés d'eau aux relents moisis.

Aucune trace de crocodile.

— Il me semblait bien que cette mare était un peu juste pour lui, constata Jack. On essaiera plus loin. J'avais mis trop de plastic, aussi – c'est dur de doser correctement avant de connaître la profondeur de la mare et on peut même pas jauger : y a trop de trous et de tunnels sur les côtés.

— Il ne peut pas être resté mort, là-dessous ?

— Non. S'il était dans la mare, il flotterait à la surface. S'il était dans une grotte de la rive, le plafond aurait explosé. Le plafond des grottes est toujours au-dessus de la surface de l'eau.

Il me sembla que se balader sur les rives d'une mare qui contenaient des cavernes terreuses abritant des crocodiles à un poil de nos pieds n'était pas d'une prudence extrême, mais Jack ne montrait aucun signe d'inquiétude et il était à la fois avisé et compétent.

La mare suivante n'était qu'à une dizaine de minutes de marche. Elle était bien plus étendue, au milieu d'une clairière, avec seulement deux ou trois arbres sur les rives. Nous trouvâmes encore des traces et des excréments, la mare avait été dérangée.

— Voilà qui ressemble plus à ce que je cherche, lança Jack. L'eau doit être profonde, on va faire péter une bonne charge.

Il se mit à empiler des bâtons de plastic dans le récipient en métal.

— Est-ce que ça le tuera, s'il est dans une grotte ? demandai-je.

— Ouais. Une pression incroyable se dégage sous l'eau. Le problème, c'est qu'on tue tout ce qui est dans la mare. Mais, bon, on n'a pas le choix.

Il envoya le récipient au centre de la mare et débobina une bonne longueur de fil pendant qu'il coulait.

— C'est sacrément profond, observa-t-il.

Je m'aperçus alors que les civils n'avaient pas prononcé un mot depuis notre départ, sauf pour répondre à la question de Jack sur leurs fusils. Debout d'un côté de la clairière, leurs armes prudemment dirigées vers le sol, ils observaient en silence.

Nous nous retirâmes tous les quatre à l'orée de la clairière et Jack activa le détonateur.

L'explosion ne fut pas aussi assourdissante que la première, même si la charge était supérieure, car l'eau était bien plus profonde. Le jet était très large, mais il se maintint à hauteur d'homme. La surface entière se fendit de petites vagues agitées. La vase verte se déchira et des poissons morts ou blessés se mélangèrent au tourbillon de débris végétaux.

Nous nous approchâmes de la rive et observâmes l'eau se calmer.

La silhouette d'un reptile gigantesque apparut dans les ténèbres ; nous ne vîmes d'abord qu'une gueule énorme, quatre pattes tendues et une queue bizarrement difforme. On ne distinguait qu'une forme fantomatique juste sous la surface de l'eau tourbillonnante et boueuse. J'entendis le bruit de trois fusils qui s'armaient.

— Attendez, dit Jack. Attendez qu'il soit complètement sorti.

La créature était prête à émerger quand une bulle immense fit éruption, accompagnée d'un bruit de rot abominable. Une rafale d'haleine fétide de crocodile nous frappa avec une telle violence que nous reculâmes en chœur. Puis Jack s'approcha du bord de l'eau, son arme à la main. La forme disparut. Jack se mit à tirer. Les deux civils se joignirent à lui et une vingtaine de coups de feu mitraillèrent la silhouette qui disparaissait doucement sous l'eau.

— Inutile, lança Jack, les balles l'auront pas sous l'eau.

— Putain, quelle bête énorme ! dit l'un des civils. Vingt pieds au bas mot.

Ce qui – je peux vous le dire puisque je me suis converti au système métrique – représente environ six mètres.

— Son cuir vaut une fortune.

— Il était vivant ? demandai-je.

— J'aurais pas cru, observa Jack. Pas avec une telle charge de plastic. Mais il aurait pas dû couler. Il doit être mourant, de toute façon. Il a sans doute reçu quelques balles, en plus de l'explosion.

— Qu'allez-vous faire ? Une nouvelle explosion ?

— C'est ce que je ferais s'il me restait du plastic, mais... j'ai tout mis dans la dernière charge. C'était pas malin, finalement, mais j'étais tellement sûr qu'il serait là, je voulais pas le rater.

— Tu penses que les coups de feu ont endommagé le cuir ? demanda un des civils à son camarade.

— Pas les miens, je visais la tête.

— Moi aussi. Et c'est pas ses plombs qui pouvaient beaucoup l'endommager, dit-il en désignant Jack.

Leur conversation se déroulait comme si Jack et moi étions absents ou incapables de les entendre.

— Bon, s'il est pas mort, il pourrait rester planqué un sacré bout de temps ou se coincer dans quelques racines et y mourir sans remonter à la surface, raisonna Jack. Je ferais mieux d'aller chercher un peu plus de plastic à Weipa.

— Ça vaut pas le coup d'attendre un peu pour voir s'il remonte ? proposai-je.

— Peut-être qu'il remontera, bien sûr, cogita Jack, mais peut-être qu'il remontera pas. On peut passer la nuit à attendre, mais je serai rentré de Weipa dans deux ou trois heures, et on est presque certains de l'avoir avec une autre charge de plastic. Non, j'y vais.

C'était sans appel. Il se tourna vers les deux civils.

— Écoutez-moi, vous deux, je vais aller chercher plus de plastic à Weipa.

De la même façon qu'ils s'étaient parlé comme si nous n'existions pas, Jack présumait qu'ils n'avaient pas compris un traître mot de ce qu'il venait de dire. Ils acquiescèrent d'ailleurs comme si l'information venait de tomber.

— Je veux que vous attendiez ici. Si le croco remonte, hissez-le sur la berge. Tirez-lui dessus si vous le croyez vivant. Compris ?

— Bien sûr.

— Autre chose, ajouta sinistrement Jack, ne l'éventrez pas. Si votre pote est à l'intérieur, je dois être présent quand il sera ouvert. Vous comprenez ?

— Bien sûr.

— Soyez sûrs d'en être bien sûrs, reprit le policier d'un ton légèrement menaçant. Si le croco remonte, ne l'ouvrez pas avant mon retour, sinon je vous le ferai payer cher.

— Bien sûr.

Jack me fit un petit signe de tête et nous repartîmes le long du ruisseau. Je le trouvai attentionné de présumer que je préférerais l'accompagner plutôt que de passer ces quelques heures avec les civils. Il avait raison, d'ailleurs.

Jack me déposa à mon camp et vint me rechercher en milieu d'après-midi.

— J'ai pris une double charge, me dit-il, pour être tranquille. Ça vous ennuierait de porter l'un des sacs ?

— Pas du tout.

Au campement des civils, nous chargeâmes les explosifs, qui n'étaient pas particulièrement lourds, puis Jack sortit de son camion un épais sac en plastique qu'il drapa sur ses épaules. Je ne lui demandai pas à quoi il servirait. Il prit son fusil et, maintenant qu'on savait où on allait, nous marchions d'un pas vif.

Mon instinct d'écrivain montrait quelques signes de faiblesse. Je voulais toujours voir le crocodile, mais rien de plus. Mon imagination me perturbait suffisamment, mais le malaise qu'elle suscitait n'était rien en comparaison avec l'horreur et le choc qui nous attendaient dans la clairière autour de la mare.

Le crocodile était sur la berge, complètement écorché.

L'énorme sale gueule préhistorique était intacte, les crocs souriants et les yeux malveillants mi-clos, mais le reste des six mètres de corps n'était que blanc dénudé et graisse luisante. Il manquait la moitié de la queue, perdue des années auparavant au cours de quelque bagarre reptilienne. Indemne, la créature aurait été grotesque.

Dépouillée de son armure, elle était obscène. Et le plus obscène du tableau était la bosse blanche le long de son estomac. La peau était tendue sur le sol et semblait deux fois plus grande que le corps auquel elle avait appartenu.

Les civils, assis près de la tête du crocodile, fumaient et observaient Jack avec une nonchalance affectée.

— Quelle paire de salopards finis, lâcha-t-il doucement. Je vous avais pourtant dit de pas le toucher.

— Vous nous avez dit de pas l'ouvrir, se défendit l'un des civils.

— Et on l'a pas ouvert, renchérit l'autre. On a seulement pris le cuir.

— Le cuir représente beaucoup d'argent, expliqua le premier.

— Et y a rien d'illégal à prendre la peau d'un croco mort. C'est vous qui l'avez tué, pas nous.

Jack les fusilla du regard, son habituel détachement professionnel manifestement ébranlé.

— Nom de Dieu, quand je pense que votre pote est sans doute à l'intérieur de cette bête.

Les civils haussèrent les épaules.

— On vous a écouté, on l'a pas ouvert. On l'a pas ouvert.

Jack les dévisagea longuement, sans parvenir à trouver un mot pour les qualifier.

— Très bien, dit Jack, finissons-en.

Et tirant un poignard, il s'avança vers le cadavre du crocodile.

Je me contenterai de vous dire que le « pote » était bel et bien à l'intérieur.

Tours de chameau : cinq dollars

L'un des mythes répandus sur l'Australie, c'est qu'elle n'abrite aucune créature dangereuse, hormis les crocodiles, les serpents et les araignées. C'est faux. Il y a aussi des Aborigènes et des chameaux. Individuellement, ils sont redoutables. Ensemble, ils sont quasi mortels.

Ils ont deux qualités communes : une conscience ineffable de leur supériorité (malheureusement tout à fait fondée) et un mépris total de mon bien-être personnel.

Pour une raison obscure (et que j'ai d'ailleurs depuis longtemps oubliée), j'errais dans le Grand Désert de Sable, au nord-ouest de l'Australie-Occidentale, quand je rencontrai Namitiji. Il campait en bordure de piste avec trois femmes, sept chiens et deux chameaux. Tous les chiens se grattaient, les femmes s'occupaient de leurs affaires et les chameaux affichaient un air hautain.

Namitiji, homme menu d'une trentaine d'années à l'air railleur, à la chevelure abondante et frisée, au visage glabre avec un nez écrasé et une large bouche, attendait à côté de la piste, seulement vêtu d'un pantalon déguenillé, avec une pancarte sur laquelle était inscrit, à la main : « TOUR DE CHAMEAU : CINQ DOLLARS. »

C'était irrésistible. Les Blancs les plus proches habitaient à près de cent cinquante kilomètres, à Port Hedland ; la circulation sur la piste devait approcher un véhicule par mois et cet homme proposait des tours de chameau aux passants.

Il avait repéré de loin la poussière de mon camping-car, planté sa pancarte et il m'attendait.

Je ne pouvais pas ne pas m'arrêter.

Nous étions au mois de septembre, il faisait très chaud, les mouches étaient envahissantes ; je n'avais donc pas l'intention de rester longtemps. Namitiji et moi nous présentâmes. Les femmes, vêtues de robes à fleurs, s'occupaient toujours de leurs affaires, assises en rond autour d'un feu, les chiens continuaient à se gratter et les chameaux à afficher un air hautain.

Après quelques minutes de bavardages, je fis un geste vers les chameaux.

— Vous arrivez à en vivre ?

— Oui, répondit Namitiji avec un sourire facétieux. Oui, j'arrive à en vivre.

— Mais vous devez pas avoir beaucoup de clients ici.

— Suffisamment.

J'en conclus que cinq dollars par mois parvenaient à répondre aux besoins simples et frugaux de nomades primitifs.

— Est-ce que je peux prendre une photo de vos chameaux ? lui demandai-je.

J'avais vaguement l'intention d'écrire un article à propos de cette anecdote un jour ou l'autre. J'aurais aussi voulu photographier Namitiji, ses femmes et ses chiens, mais je savais que beaucoup d'Aborigènes n'aiment pas les appareils photo, car ils croient qu'en capturant leur image, on capture aussi leur âme.

Namitiji ne s'embarrassait pas de telles notions.

— Cinq dollars pour les chameaux et cinq autres pour me prendre avec les filles, s'empressa-t-il de répondre.

Ça me parut raisonnable et je passai plusieurs minutes à photographier les êtres humains avant de m'intéresser aux chameaux.

Optant tout d'abord pour un gros plan de sa tête, je me dirigeai vers l'animal le plus proche.

Il me rota à la face.

Je fus alors confronté, pour la première fois de ma vie, à l'une des choses les plus redoutables en ce bas monde : l'haleine de chameau.

Représentez-vous l'odeur du contenu d'un estomac de vautour, celle d'un pauvre chat mort depuis des lustres dans une fosse d'aisances et celle d'un curry indien en décomposition quatre jours après avoir été ingurgité. Combinez toutes ces odeurs et le résultat ressemblera au *Chanel N° 5* comparé à l'haleine de chameau.

Projeté en arrière, je toussai, m'étouffai et me demandai si je n'allais pas succomber. Namitiji tourna poliment la tête jusqu'à ce que je me remette. Je me contentai ensuite de prendre quelques plans moyens des animaux, en restant à un maximum de distance de leur tête.

— Merci beaucoup, dis-je à Namitiji en lui tendant un billet de dix dollars.

— Vous voulez pas faire un petit tour de chameau ?

Je levai les yeux sur les énormes bêtes et m'imaginai, grassouillet, mou et sans un brin d'agilité, perché au sommet d'une bosse qui semblait culminer à une hauteur de deux fois ma taille. Imaginez-vous là-haut.

Imaginez que vous êtes là-haut et que la bête se tourne vers vous et ouvre la gueule.

— Non, merci, lui répondis-je.

Namitiji prit un air abattu et pensif.

— Vous avez pas envie que je vous prenne en photo à dos de chameau ?

Franchement, l'idée ne m'avait pas traversé l'esprit. Mais comme pour beaucoup d'écrivains, seul l'appât du gain peut avoir raison de ma nature de lâche. Or une photo de moi sur un chameau m'aiderait à vendre l'article que j'avais envisagé.

Il n'en restait pas moins qu'en regardant leurs visages condescendants et malveillants et leurs bosses inconfortables et haut perchées, je soulevai une objection.

— J'arriverai jamais à grimper dessus, expliquai-je à Namitiji.

— Vous en faites pas, ils se baissent, répliqua-t-il en aboyant un ordre dans une langue étrange, probablement une langue chameau. La bête la plus proche de moi plia immédiatement les pattes de devant et s'agenouilla, puis elle plia celles de derrière et abaissa la croupe. La bosse était encore à hauteur de ma tête et je ne voyais pas comment l'escalader.

— Je vais vous faire la courte échelle, proposa Namitiji.

Il prit une couverture qui traînait près du feu et la jeta sur la bosse.

— Voilà, vous serez plus à l'aise avec ça.

J'en doutais fort.

— Passez-moi votre appareil photo.

— Vous savez vous en servir ? lui demandai-je.

— Bien sûr.

Il aurait été grossier de refuser. Je lui tendis l'appareil.

— Vous pourriez peut-être juste me prendre à côté du chameau, suggérai-je.

— Non. L'effet serait beaucoup moins bon. Posez le pied sur mon dos et montez. C'est facile comme tout.

Il se plaça à quatre pattes à côté du chameau.

Une nouvelle fois, il aurait été grossier de refuser, même si je craignais d'écrabouiller Namitiji sous mon poids considérable.

Je ne l'écrabouillai pas.

Dès que je fus debout sur son dos, il tendit les jambes et les bras et me hissa jusqu'à l'emplacement où je pouvais escalader la bosse. Je m'y trouvai particulièrement mal à l'aise et très, très loin du sol.

Namitiji me tendit la bride du chameau.

— Il suffit de tirer d'un côté ou de l'autre pour le diriger, expliqua-t-il.

— Hé ! m'exclamai-je, affolé. Mais je veux aller nulle part – je veux seulement une photo.

Avec un grand sourire, Namitiji lança un nouvel ordre en langue chameau.

L'animal tendit les pattes arrière. Je vacillai et fus sur le point de dégringoler par-dessus sa tête quand il tendit les pattes avant. Je vacillai alors de l'autre côté et faillis chuter de la croupe.

Je me retins grâce à la bride. La bête tourna la tête et ouvrit la gueule.

Et voilà que je me balançais à une distance inconcevable de ma terre ancestrale, douloureusement planté sur une bosse de chameau, enveloppé dans un nuage de gaz délétères qui auraient foudroyé un éléphant en bonne santé à plusieurs mètres de distance.

— Faites-moi descendre ! hurlai-je à Namitiji.

Ce dernier glapit en langue chameau.

Le chameau déguerpit.

Il détala tout droit en plein désert, tandis que je chavirais sur la bosse, tirais sur la bride de toutes mes forces et hurlais comme un putois.

C'était une expérience exécrable. La sale bête allait plus vite que je n'aurais osé conduire ma voiture dans ce désert sableux parsemé de rocaille. J'étais si loin du sol que je me croyais dans un avion à basse altitude, alors que le mouvement de l'animal me donnait plutôt l'impression d'être agrippé au sommet d'un mât dans une mer houleuse.

J'avais une envie désespérée de me précipiter par terre, mais la perspective de frapper le sol lointain à partir du dos d'une bête qui semblait cavaler à une cinquantaine de kilomètres à l'heure était trop effrayante pour ma pauvre et tendre chair, précieuse et gâtée. Je me contentai donc de m'accrocher et de brailler.

Je volai vers l'horizon, à travers le désert sans piste, sous un ciel d'un bleu ardent, fonçant tout droit en direction de la côte, qui n'était pas près de se matérialiser.

— Au secours ! hurlai-je inutilement en tournant la tête pour voir si une aide était en chemin.

Namitiji n'était déjà plus qu'un point dans le lointain. Planté près de ma voiture avec ses femmes et ses chiens, qui n'étaient maintenant pas plus gros que les puces qu'ils grattaient constamment, il me faisait coucou.

Si des pensées parvenaient à traverser mon cerveau terrorisé, elles consistaient à me demander si j'allais chuter et mourir, me faire entraîner dans l'immensité désertique et mourir, ou affronter l'haleine du chameau une nouvelle fois et mourir.

Ma monture faisait preuve d'une énergie démoniaque et ne montrait aucun signe de ralentissement. La dernière fois que je regardai, Namitiji et les siens avaient disparu à l'horizon. Il n'y avait que des touffes d'herbes éparses, du sable et des rochers à perte de vue, écrasés sous la chape impitoyable du ciel.

Je me rendis compte d'une évidence : à moins que le chameau ne me ramène, je ne parviendrais jamais à retrouver ma voiture. Même si je prenais le risque de chuter, je serais coincé et perdu dans l'immensité du désert.

Je tentai de tirer de toutes mes forces sur la bride. Le chameau ne ralentit pas l'allure, mais l'ignoble tête se tourna et me souffla dessus. Ce fut ma dernière tentative.

Je ne sais pas combien de temps cette course folle dura réellement, mais elle me sembla se prolonger pendant des semaines. J'étais enroué à force de brailler, j'avais l'impression qu'on m'avait matraqué l'entrejambe à coup de hache, et la terreur et les relents d'haleine de chameau me rendaient malade.

Puis l'animal s'arrêta. Subitement. Si brutalement que je fus projeté en avant, lui heurtai la tête et m'effondrai au sol comme un gros sac de lard.

Complètement essoufflé, je gisais, haletais, essayais de reprendre ma respiration. Le chameau baissa la tête et me souffla dessus.

Mes poumons s'emplirent de ses gaz abominables, intolérables.

Je roulai sur le côté, étouffant, secoué de haut-le-cœur ; j'aurais éclaté en sanglots si j'en avais été capable.

La mort m'épargna, au moment même où je l'aurais sans doute accueillie avec un certain plaisir, et je finis par me retrouver assis sur le sable, les yeux sur le chameau qui avait heureusement reculé et se tenait immobile, l'air hautain.

Il faisait une chaleur étouffante et des milliers de mouches m'attaquaient. J'avais une soif brûlante. Il n'y avait pas d'eau. Dieu seul savait à quelle distance j'étais de ma voiture ou dans quelle direction elle se trouvait. De toute façon, j'étais bien trop loin pour revenir à pied dans cette chaleur et sans une goutte d'eau.

On peut mourir en quelques heures dans le désert, sans ombre ni eau, or la seule ombre, celle du chameau, était difficilement accessible. J'avais lu dans un récit de voyage que pour éviter de mourir de soif, il faut trouver un chameau mort. Dissimulée dans les plis de son corps, une membrane contient apparemment sept à huit litres d'eau.

J'avais un chameau sous la main, mais il n'était pas mort, et pour qu'il le soit, je ne voyais qu'une solution : l'étrangler. Ce n'était pas réaliste.

Je compris alors que je ferais peut-être mieux de remonter sur le chameau en espérant qu'il accepte de me reprendre. Je me couvris le nez et la bouche avec un mouchoir et m'avançai lentement vers la bête. Elle ne bougea pas, mais elle cilla. Je levai les yeux sur sa bosse, tout là-haut dans le ciel, et me demandai comment diable j'étais censé grimper dessus. Le chameau s'agenouillerait peut-être si je parvenais à lui en donner l'ordre correctement.

— À genoux ! aboyai-je.

Le chameau me regarda avec mépris.

— À genoux ! répétai-je, avec le même résultat.

— À genoux, s'il te plaît, l'implorai-je.

Le chameau prit un air arrogant. Décidément, ces bêtes en connaissaient un rayon à ce sujet.

Je n'avais guère d'espoir, car même si je parvenais à remonter sur son dos, comment m'assurer qu'il n'allait pas m'entraîner plus loin dans le désert ? Mais ça me donnait au moins une chance de m'en sortir, alors que je n'en avais aucune si je restais où j'étais.

Je devais employer les grands moyens. Je reculai de quelques mètres, repoussai plusieurs centaines de mouches de mes yeux, épongeai la sueur de mon front et me précipitai sur le chameau au pas de course. Je ne suis pas un grand sportif.

Bondissant le plus haut possible, je tentai de m'accrocher au sommet de la bosse. Je percutai le flanc d'acier du chameau dans un boucan monumental, m'assommai et m'affalai mollement et lentement le long de son corps nauséabond, pour finir à plat ventre dans le sable brûlant.

— Vous avez des problèmes ? me demanda la voix de Namitiji.

Je sortis la tête du sable et découvris ce dernier ; il s'était approché tandis que je me ridiculisais avec le chameau.

Jamais de ma vie – ni avant ni après – je n'ai été plus heureux de voir un Aborigène sur un chameau. En réalité, je n'en avais jamais vu avant et espère ne jamais en voir un autre, mais je m'égare.

Je faillis couvrir de baisers les pieds nus et poussiéreux de mon sauveur, puis je l'entendis me parler.

— Vous me devez cinq dollars pour ce tour de chameau, me dit-il d'un ton accusateur.

— Pas de problème, bafouillai-je. Aucun. Tant que vous me tirez d'ici.

Je sortis mon portefeuille et lui tendis un billet de cinq dollars. Il se pencha, le prit et le glissa dans sa poche arrière.

— Bon, reprit-il, vous voulez faire un autre tour maintenant ?

J'avais du mal à y croire. Cet homme allait me faire payer pour me secourir après m'avoir kidnappé sur son foutu chameau. Je n'étais cependant guère en position de marchander.

— Vous voulez cinq dollars de plus ? lançai-je d'un ton un peu abrupt.

— Non, répondit Namitiji.

J'avais affaire à un gentleman, finalement.

— Le deuxième tour coûte cent dollars.

Non, je n'avais pas affaire à un gentleman.

— Cent ? couinai-je.

— Cent.

Namitiji était implacable.

Je regardai sa figure candide et primitive d'Aborigène, je regardai les chameaux, je regardai le désert et le ciel bleu profond, et je sus que je m'étais fait avoir.

Je comptai cent dollars ; il descendit de sa monture, lança un ordre à la mienne qui la fit s'agenouiller et il me prêta une nouvelle fois son dos.

Mon esprit médiocre finit par comprendre que ce chameau était extrêmement bien dressé. Cette sale bête était complice du racket.

Le retour au camp ne prit qu'une demi-heure. C'était juste à l'horizon. Le chameau avait dû tourner en rond avant. Tout était prévu. Je descendis de la bosse, filai jusqu'à ma voiture et m'en allai sans échanger un autre mot avec l'exécrable Namitiji. Il se contenta de m'adresser un sourire supérieur.

J'avais parcouru deux cents kilomètres de piste lorsque je m'aperçus qu'il ne m'avait pas rendu mon appareil photo.

Je ne suis jamais allé le récupérer.

Cédric le chat

— Ce qu'il faut bien comprendre, à propos de la piste de Birdsville, m'expliquait mon copain Bill, c'est que c'est pas une piste ordinaire.

C'est le moins qu'on puisse dire.

Nous l'empruntions car j'aidais Bill à descendre un troupeau de bétail jusqu'au relais ferroviaire de Marree.

Bill, qui était un peu cinglé, vivait sur une propriété qui couvrait seize mille kilomètres carrés entre les États du Queensland et d'Australie du Sud. Quatre-vingt-dix-huit pour cent de ses terres étaient désertiques – de type sableux ou rocailleux – et il soutenait que le meilleur moyen de les traverser était à dos de chameau. Quand il m'avait invité à l'accompagner et à descendre du bétail jusqu'à Marree, j'avais pensé que ce serait une expérience intéressante et agréable.

L'expérience était intéressante, certes, mais loin d'être agréable.

Les chameaux ont l'haleine la plus fétide de la création. Un mélange de crottes de vautours et de furets passablement morts, si vous avez déjà senti une telle odeur. Le chameau possède également l'étrange capacité de vous souffler à la figure, même quand vous êtes sur son dos. Il a par ailleurs très mauvais caractère, un tempérament rebelle, et il mord. En plus de ça, aidé par un Aborigène désobligeant, l'un d'eux a un jour essayé de me kidnapper. Mais c'est une autre histoire.

Au crépuscule, à une journée de Marree, nous rencontrâmes un autre troupeau. Je laissai mon copain Bill et ses nombreux chiens surveiller notre troupeau et, à dos de chameau, j'allai rendre visite aux conducteurs de bestiaux de l'autre campement.

En m'approchant, j'observai un phénomène extraordinaire à la surface du désert. Une espèce d'animal s'approchait de moi à vive allure dans un nuage de sable. Cette chose, quoi qu'elle fût, fonçait avec une telle vélocité qu'elle fouettait le désert comme un tourbillon.

Mon chameau se dressa et se mit à roter, une réaction normale quand il se sent en danger. La nuée pestilentielle qui s'échappa de lui était déconcertante.

Le tourbillon déboula vers nous, s'arrêta à deux doigts et cracha. Le nuage de sable se résorba et laissa apparaître le chat le plus gros, laid et furieux que j'aie jamais vu. Son corps, qui arrivait à hauteur de genou d'homme, était surmonté d'une énorme tête carrée. Son épaisse fourrure rousse, noire et aux différentes nuances était tout hérissée et sa queue qui battait comme un fouet ressemblait à une amarre en fil d'acier effiloché – du genre qui retient les gros navires à quai.

La bestiole grondait et crachait, découvrait des dents comme des sabres et nous lançait un regard furieux à partir d'un œil orange vif et d'un autre, bleu intense. Cet aspect extraordinaire était exacerbé par son unique oreille.

Je me serais affolé si je n'avais pas été perché sur un chameau. Mon chameau, qui était sur le sol en dessous de moi, s'affola. Il contourna largement le chat.

Le félin se jeta sur lui avec un grognement sauvage et lui mordit la patte de devant.

Le chameau rugit et tenta de détaler. Le chat prit un peu de recul et feula. Je tirai sur la bride pour sauver ma peau tandis que le chameau était en proie à une crise de nerfs. Les chameaux sont prédisposés aux crises de nerfs.

Puis un conducteur de bestiaux s'approcha – à moto, comme n'importe quel type sensé – et prit la situation en main. C'était un petit vieux avec une tête de soldat de bois, des yeux bleus et brillants, et une formidable tignasse délavée. Il portait une chemise qui avait dû être blanche quelques années auparavant et un blue-jean.

Il éteignit le moteur de sa machine et, d'une voix qui évoquait un bruit de billes dans un bocal en verre, il hurla :

— Ferme-la, Cédric, et monte !

Le chat ronronna immédiatement et, d'un bond souple, regagna l'arrière de la selle, d'où il nous scruta, mon chameau et moi, d'un regard presque bienveillant.

Le conducteur s'acquitta alors des formalités d'usage.

— Salut.

— Salut, répondis-je en grande pompe.

— Bon sang de bois, ton chameau a failli se chier dessus à cause de Cédric, ricana le vieil homme.

— C'est assurément un animal redoutable.

— Hein ?

— Pour sûr, nom de nom.

— Ouais, bon, allez viens donc boire un coup dans mon camp.

Son « camp » consistait en un feu et une couverture. Il me versa une tasse de rhum. Une pleine tasse. Puis il s'en versa une. Tout le monde boit du rhum sur la piste car il est impossible de garder la bière au frais. J'ai horreur du rhum. Mais bon, je le pris et le sirotai.

Le vieil homme me dit s'appeler Henry Gibbs et être un voisin de mon ami Bill : dans ces coins-là, un « voisin » est quelqu'un qui habite à moins d'une journée de voiture de chez vous.

Notre conversation tourna naturellement autour de Cédric, qui, allongé près du feu, ronronnait comme une locomotive et jaugeait mon chameau attaché comme s'il envisageait d'en faire son dîner.

— Cinq ans que j'ai Cédric, m'expliqua Henry. Je l'ai trouvé sur la piste quand il était chaton. Il avait un bébé dingo mort dans la gueule. Je sais pas d'où il sortait. Son problème, c'est qu'il n'a jamais vu un autre chat et qu'il se prend pour un chien.

Personnellement, je trouvais que Cédric avait plus de raisons de se prendre pour un croisement de chacal et de jaguar, auxquels il ressemblait.

— On pourrait pas rêver d'un meilleur chien de garde, poursuivit Henry. Je peux abandonner mon camp pendant des jours sans m'inquiéter. Cédric ne laissera passer personne.

L'unique oreille du chat se tendit en entendant son nom. Il sourit – je vous jure qu'il sourit (bon, peut-être qu'il montrait les dents) –, et les flammes du feu étincelèrent sur un long croc blanc.

— Bois un autre coup, dit Henry en brandissant son rhum.

— Pas tout de suite, merci.

J'avais encore environ un tiers de la bouteille au fond de ma tasse. Henry remplit la sienne.

— Tu sais, reprit Henry d'un ton songeur, j'ai vu ce chat poursuivre un vieux kangourou, un mâle, un vrai *boomer*[1], le renverser et l'égorger.

Je n'en doutais pas (pas beaucoup).

— Bois un autre rhum.

J'avais essayé d'engouffrer autant de bibine infecte que je pouvais, mais n'avais guère fait descendre le niveau de ma tasse.

— T'as pas le gosier bien huilé, toi, dis donc, me reprocha Henry.

Je savais que les gens de la piste avaient à peu près autant d'estime pour les buveurs lents que pour les crapauds buffles, mais je n'étais pas prêt à mourir d'intoxication alcoolique pour respecter les bonnes manières.

Henry se versa tout le reste de la bouteille, puis en déboucha une autre – pour l'avoir sous la main, j'imagine, au cas où le délai entre les tasses provoquerait un état de manque.

— Tu sais, ce chat m'a sauvé la vie, deux fois.

— Ah bon ?

— Tu crois pas ce que je te dis ? demanda Henry d'un ton brusque.

— Mais si, bien sûr que si.

Je me surpris à espérer que mon ami Bill nous rejoigne.

---

1. Mâle qui peut mesurer jusqu'à deux mètres.

Les yeux bleus brillants du visage buriné m'examinèrent avec méfiance, puis Henry se détendit et reprit son histoire.

— Et ouais. La première fois, c'était tout près de Birdsville. Je venais d'attraper un superbe *brumby*[1] – un gros étalon noir, nom de Dieu – et je l'avais enfermé dans un parc. J'avais jamais vu un *brumby* aussi costaud et sauvage, et une vraie ordure par-dessus le marché.

Je me demandais bien pourquoi il s'était amusé à capturer un étalon *brumby*, sans doute l'un des animaux les plus dangereux et inutiles d'Australie. Il ne tarda pas à me l'expliquer.

— Je voulais le garder vivant jusqu'à ce que le camion d'aliments pour animaux passe dans le coin, tu comprends. Bref, je venais juste de poser la barrière quand cet abruti a détruit la clôture et m'a foncé droit dessus, en hennissant tout ce qu'il savait et en grinçant des dents... J'ai failli me chier dessus.

Henry avala une grosse goulée de rhum.

— J'étais au sol, tu vois, ajouta-t-il pour se justifier. Bref, je pouvais pas m'enfuir, j'étais pas armé, cette saloperie de *brumby* était presque sur moi et je voyais déjà ma vie défiler sous mes yeux.

Henry s'approcha de moi, les yeux étincelant à la lueur du feu, et me brandit sa tasse sous le nez.

— Tu devineras jamais ce qui s'est passé ! Cédric déboule de Dieu sait où, saute sur la tête du *brumby* et lui plante les dents dans les naseaux. Le salopard de cheval devient fou. Il se cabre, recule et gueule, oh, il est pas loin de faire un saut périlleux et pendant ce

1. Cheval sauvage.

temps Cédric reste accroché à son museau, il se cramponne, secoué comme un torchon dans une tempête de sable. Le *brumby* a fini par s'épuiser et il s'est précipité dans le désert à la vitesse de l'éclair, avec ce bon vieux Cédric toujours accroché au museau.

Henry termina son rhum et marqua une pause, la main sur la deuxième bouteille.

— Tu sais, j'ai pas vu Cédric de quatre jours, et quand il est revenu, il était gras et en pleine forme. À mon avis, il a épuisé ce *brumby* et il se l'est bouffé.

Henry se versa une nouvelle rasade de rhum.

— T'es un sacré vieux matou, pas vrai, Cédric ?

Cédric se leva, s'étira et exhiba ses rangées de grandes griffes, alignées comme des poignards. Il fit le tour du feu en regardant Henry, puis moi, puis le chameau, comme s'il prenait une décision. Puis, revêtant à la lueur du feu l'apparence d'un étrange mutant carnivore rejeté par un cataclysme décisif de l'évolution en Australie, il s'approcha et fixa mon chameau droit dans les yeux.

Ce dernier agita nerveusement les pattes et souffla sur Cédric, qui n'en fut nullement gêné. Ce qui vous prouve à quel point ce chat était coriace.

— Ah, je vois qu'il commence à avoir faim, ricana Henry. Je ferais mieux de pas tarder à le nourrir. Tiens, bois un coup.

Mais j'avais encore plein de rhum dans ma tasse.

— Tu traînes la patte, hein ? me demanda-t-il avec une agressivité manifeste.

— Je vais me rattraper, répondis-je pour l'apaiser en avalant une gorgée.

— Ouais, ouais, grogna Henry, à nouveau sur le point de se vexer. Mais il changea d'avis et remplit encore une fois sa propre tasse.

— Quoi qu'il en soit, dit-il en descendant la moitié du rhum d'un trait. Tu dois bien te demander comment il a perdu son oreille.

— Oui, ça oui, acquiesçai-je, avec enthousiasme.

— Figure-toi que c'est quand Cédric m'a sauvé la vie une seconde fois.

Un rot étranglé de mon chameau me fit tourner la tête et je remarquai que Cédric fixait toujours la pauvre bête. Mais il avait la queue dressée, à présent, elle fouettait l'air, son poil était hérissé et le félin grondait sourdement. Je comprenais les rots de mon chameau.

Henry lut l'inquiétude sur mon visage.

— T'en fais pas. Je vais lui donner à manger et il se calmera.

Tapi au seuil du cercle de lumière du feu, dans l'ombre, Cédric n'avait plus rien de félin : c'était un animal fabuleux créé pour jouer dans un film d'horreur. Il se tourna vers moi et un éclair bleu et orange transperça ses yeux.

— Bref, reprit Henry, je passais la nuit un peu plus haut sur la piste, il y a deux ou trois ans, quand ce sale type est entré dans mon camp. Il était noir, alors je savais que c'était un sale type. Pas que tous les Noirs soient des sales types, ajouta Henry avec impartialité, mais celui-ci était un sale Noir. Pourtant, je dois reconnaître qu'au moins, ce mec-là daignait accepter de boire un coup quand on le lui offrait.

Henry me dévisagea délibérément et remplit à nouveau sa tasse – sans m'en proposer cette fois-ci.

Je m'empressai de boire une goulée, mais j'étais déjà à moitié soûl et je n'arrivais pas à descendre cette piquette. Si seulement Henry m'avait quitté de ses yeux perçants une seconde, j'aurais pu la verser dans le sable. Mais il ne me lâchait pas. Je m'aperçus, pour la première fois, que les yeux d'Henry étaient du même bleu qu'un de ceux du chat.

— On boit donc quelques canons ensemble, poursuivit mon hôte, on en descend pas mal en vérité, parce que ce mec savait boire même si c'était un sale type.

« En descendre pas mal », dans le vocabulaire d'Henry, devait équivaloir à siffler deux ou trois tonneaux de rhum.

— Bon, on commence à s'engueuler à propos de quelque chose – j'ai oublié quoi, tu sais ce que c'est après quelques canons de trop – et ça commence à chauffer un peu. Tout à coup, ce sale Noir me menace avec une hache – la mienne en plus, ajouta-t-il d'un ton peiné, comme si ça changeait quelque chose.

Henry finit sa tasse et la remplit de rhum, en faisant une nouvelle fois exprès de ne plus m'en proposer.

— Mais ce coup-ci, vois-tu, je sais ce dont Cédric est capable, j'ai qu'à gueuler et il saute immédiatement sur le sale Noir. Je m'en prive pas, donc, je gueule. Cédric sort et attaque le salopard à la gorge. Bon, le type a le choc de sa vie en voyant Cédric se jeter sur lui alors il lui balance un coup de hache – ma hache – et lui tranche l'oreille d'un coup. Mais c'est pas ce qui risque d'arrêter Cédric. Pas question, nom de Dieu. Il se plante dans ce sale Noir et s'attaque à sa gorge en un rien de temps.

Henry but un peu plus de rhum, puis s'arrêta. Ses yeux avaient quitté mon visage, mais il semblait maintenant dévisager la région de mon nombril, je ne pouvais donc toujours pas vider ma tasse par terre.

La pause se prolongea. L'histoire semblait terminée.

— Et qu'est-il arrivé au... euh... au salopard ? demandai-je.

Henry leva la tête.

— Bah, il est enterré un peu plus haut sur la piste. Il ne faut pas croire tout ce qu'on nous raconte le long de la piste de Birdsville, mais vous seriez surpris de tout ce qu'on ne croit pas et qui est la pure et simple vérité.

Je me levai.

— Bon, ben, je crois que je ferais mieux de rentrer au camp.

Henry m'imita. Son visage était exorbité et tordu de rage.

— Alors comme ça, tu refuses toujours de boire un coup avec moi, espèce de salopard !

Ce n'était pas la première fois que ça m'arrivait, loin de là, mais je n'avais pas retenu la leçon. Dans toute l'Australie à l'ouest de Bogan, on peut truander un homme, s'enfuir avec sa femme, spolier sa fille, débaucher ses fils, voire lui voler son chien, il lui sera toujours possible de vous pardonner, mais refuser de boire avec lui vous recale dans la sous-classe des dingos, des parias à jamais, des irrécupérables ; vous ne valez même pas la balle qu'il aurait pourtant plaisir à vous loger dans la peau.

— Écoute, Henry... tentai-je.

— Espèce de salopard ! hurla-t-il.

Tout ce vacarme alarma naturellement Cédric. Le gros matou biscornu me fusilla du regard, puis se tourna vers Henry, attendant sans doute ses instructions, puis vers le chameau.

— Salopard ! beugla Henry.

Cédric sauta. Sur le chameau.

Qui hurla et se cabra, brisant sa bride. Cédric bondit sur sa croupe et y enfonça ses griffes.

Le chameau s'enfuit dans le désert, Cédric sur la croupe, apparemment en train de la rogner.

Henry jetait un regard dément autour de lui. Il cherchait sans doute sa hache. Je m'enfuis sans demander mon reste, en direction de la distante herbe jaunie où brillait le feu de camp de mon ami Bill.

« Espèce de salopard ! Salopard ! Espèce de salopard ! » Ce refrain me suivit, en s'affaiblissant, Dieu merci, tandis que je sprintai à travers sable et rocaille.

J'arrivai à bout de souffle au camp. Mon ami Bill m'accueillit d'abord avec une certaine inquiétude et un peu de sollicitude, mais quand il eut appris ce qui m'était arrivé, il se désintéressa complètement de ma mésaventure.

— Ah, oui, dit-il, le vieil Henry et son chat. J'aurais dû te prévenir. T'en fais pas, demain tout ira bien.

— Mais… et le chameau…

— On le retrouvera demain.

C'est exactement ce qui s'est passé. Il avait les fesses en compote, certes, mais il n'était pas grièvement blessé.

Bill avait raison. Cette piste n'était pas une piste ordinaire.

Le cochon furibond

Aucun animal au monde n'a une tête plus moche que le cochon sauvage d'Australie. Son caractère est assorti. Je sais de quoi je parle : une de ces bêtes a tenté de me dévorer, et pour de bon. Elle était dans son droit, puisque je venais d'essayer, pour de bon aussi, de lui tirer dessus. Lors de notre rencontre, cependant, mon instinct de survie n'eut aucun mal à prévaloir sur l'aspect moral de l'affaire.

Je venais de terminer un roman intitulé *La Bête* et avais cédé une option sur les droits cinématographiques à une société de production. En effectuant des recherches pour mon livre, j'avais passé beaucoup de temps à chasser le sanglier aux quatre coins de l'Australie et je me considérais comme un dilettante expert en cochons sauvages, ces sales bêtes qui font des dégâts considérables sur l'écosystème du pays. J'avais exposé mon opinion sur leur impact généralement pestilentiel au producteur de la société de film, John Crew, et il m'avait demandé d'aller faire un tour à l'ouest du pays et de rapporter un spécimen de cochon sauvage à partir duquel les maquettistes pourraient modeler l'automate du film. J'avais accepté sans hésiter, car il m'avait proposé une somme ridiculement élevée pour ce boulot. C'est tout du moins ce que j'avais pensé alors. Je savais qu'il y avait des cochons sauvages en abondance et j'avais acquis une solide expérience dans l'art de les neutraliser.

J'organisai donc un voyage, au volant de ma Honda Civic, dans les marais de la Macquarie, au centre-ouest de l'État de Nouvelles-Galles du Sud, où j'étais sûr de trouver des milliers de cochons sauvages. Par ailleurs, depuis plus d'un siècle qu'elles habitent dans cette région, ces bêtes ont repris l'aspect classique de la légende porcine : le sanglier au dos rayé, noir, énorme et agressif.

Quelques jours avant le départ, je m'étais cogné l'œil au loqueteau d'une fenêtre, rien de grave, mais un contretemps puisque j'avais dû recevoir quatre points de suture à la paupière droite.

Je finis tout de même par me rendre dans les marais, où un fermier m'autorisa à aller tuer un cochon sur ses terres.

Je recherchais le cochon sauvage le plus gros et le plus méchant possible, car l'intrigue de mon roman reposait sur un monstre de cette nature. J'avais prévu de l'abattre, de le charger dans ma voiture et de regagner rapidement Sydney, où le maquettiste l'empaillerait. J'étais armé d'un vieux fusil de l'armée, calibre .303, qui m'appartenait depuis quelques années et dont je savais plutôt bien me servir.

Je roulai dans un pré, me garai à environ deux cents mètres des jonchaies qui délimitent les marais et décidai de nettoyer mon arme, que je n'avais pas utilisée depuis quelque temps. Je m'acquittai de la besogne sans tarder, m'assurai que j'avais mes six cartouches dans le chargeur, les poches pleines de rechanges, et me dirigeai vers les marais.

Je dois préciser que je suis un homme d'âge moyen qui mène une vie plutôt sédentaire, évite soigneusement tout exercice et s'adonne à des abus de nourriture et d'alcool. Autrement dit, je suis gros et en très mauvaise forme physique. Sans arme, je ne m'aventurerais jamais à proximité d'un cochon sauvage, mais avec un .303 entre les mains, le plus veule des hommes peut se mesurer à n'importe quel cochon.

J'étais à moins de cent mètres de ma voiture quand je vis un énorme sanglier noir à l'aspect aussi laid que mauvais ; je n'avais jamais rien vu de tel. Tout près des joncs, il m'observait avec un certain intérêt.

Quel coup de chance incroyable ! Je me demandais seulement si la bête rentrerait dans le coffre de mon véhicule.

J'épaulai mon fusil, visai soigneusement et tirai, bien persuadé de tuer le sanglier.

Pas du tout. Il couina de rage et commença à me foncer dessus.

Je ne m'y attendais pas car j'étais à peu près sûr de l'avoir eu et la plupart des cochons touchés par un calibre .303 s'effondrent tranquillement. Je ne fus pas déconcerté pour autant car je m'étais déjà fait charger par des cochons. Il suffit de les cribler de balles jusqu'à ce qu'ils tombent. La seule différence, c'est que cet animal-là était plus gros que ses confrères – mais ça voulait dire aussi qu'il constituait une meilleure cible.

Je le cadrai dans mon viseur tandis qu'il fonçait sur moi et, par réflexe, m'assurai d'une vision bien dégagée en m'essuyant l'œil droit avec la main.

J'avais oublié mes points de suture. L'un d'eux se détacha et la paupière se mit à saigner, m'aveuglant complètement. Ce n'aurait pas été bien grave si, au même moment, un sanglier enragé, bien décidé à faire du grabuge, n'était en train de se précipiter sur moi.

J'essayai de me servir de l'œil gauche pour viser, mais c'est quasi impossible quand on n'y est pas habitué. Je n'y étais pas habitué. Je ne pouvais que braquer mon arme vers lui, sans la moindre précision. Je n'avais d'autre choix que de commencer à tirer. Je commençai à tirer. Je tirai cinq fois, et, à moins que ce cochon n'ait porté une armure, je le ratai à chacune de ces fois.

Jusqu'à ce que mon fusil soit vide et que le sanglier se trouve à environ cinq mètres de moi.

Il ne me restait plus qu'une chose à faire, et je la fis.

Je paniquai, lâchai mon fusil et m'enfuis.

Avec le peu de capacité de réflexion que je possédais encore, je calculai que ma voiture était à une centaine de mètres et que je ne parviendrais jamais à l'atteindre avant que le sanglier ne me rattrape. Je suis bien trop vieux et gros pour piquer un sprint sur cent mètres.

Je repérai alors à proximité un jeune eucalyptus d'environ trois mètres de haut. J'y courus et l'escaladai comme un varan, exploit que je n'aurais jamais pu accomplir sans un élan de terreur à l'état pur.

Le problème, c'est qu'il n'y avait pas de branches solides sur l'arbrisseau et que la seule manière de me réfugier à quelques mètres au-dessus du sol était d'enlacer le mince tronc avec mes jambes et mes bras et de m'y maintenir par la force de mes muscles. Je pèse environ cent kilos et mes muscles ne sont pas en condition olympique.

Je baissai les yeux : le sanglier me foudroyait du regard, grinçait des défenses et bavait légèrement.

L'effort de me tenir dans l'arbre me donnait déjà des douleurs terribles aux membres et je savais que je n'en avais plus que pour quelques minutes avant de tomber. À ce moment, je n'en doutais pas, le sanglier m'éventrerait, me dévorerait et me piétinerait à mort avec enthousiasme et savoir-faire. Un seul coup d'œil sur la gueule hideuse de la bête élimina toute possibilité de négociation. Il fallait admettre que j'avais essayé de le tuer – il ne faisait que me rendre la monnaie de ma pièce.

Ces pensées ne m'encombrèrent pas sur le coup. La seule activité cérébrale comparable à une pensée me permit de sentir que ma meilleure chance de survie consistait à essayer d'aller recharger mon fusil.

Le sanglier faisait le tour de l'arbre comme s'il envisageait de me rejoindre. J'attendis qu'il soit du côté opposé au fusil, descendis d'un bond et me précipitai vers mon arme. J'ignore à quelle distance me suivait le cochon – je ne l'ai pas vérifiée – mais il couinait, j'entendais ses sabots sur la terre brûlée et, même si c'était le fruit de mon imagination, je jure que je sentais la chaleur de son haleine dans mon cou.

J'arrivai jusqu'au fusil, le soulevai par la gueule et fis volte-face avec l'intention incertaine d'escalader à nouveau l'arbre et de recharger mon arme. Je ne sais pas comment j'avais pensé réussir à monter sur l'eucalyptus avec un fusil sous le bras. Mes actions n'avaient plus rien de rationnel. Peu importait, de toute façon : à présent, le sanglier me fonçait dessus. La tête et la queue dressées, il se dirigeait droit sur mes jambes avec une violence meurtrière.

Je fis alors ce que j'aurais dû faire dès le départ : je me servis du fusil comme d'une matraque. Agrippant le canon à deux mains, j'en lançai un coup énergique sur la tête de l'animal.

Je le ratai.

Non seulement je le ratai, mais je tombai à la renverse, le fusil m'échappa des mains et glissa dans l'herbe à plusieurs mètres de là. Le sanglier s'approcha de moi et entreprit de me dévorer.

Il avait déchiré la moitié de mon pantalon et sérieusement entamé mes jambes (j'en porte encore les cicatrices) lorsque je décidai que je n'étais ni trop vieux ni trop gros pour parcourir les cent mètres qui me séparaient de mon automobile.

Je lançai un coup de pied dans le groin du sanglier, me relevai précipitamment, et je peux vous assurer que j'ai parcouru ces cent mètres plus rapidement que n'importe quel athlète.

J'arrivai à la voiture une fraction de seconde avant la bête (je crois, je ne me suis pas retourné mais j'entendais piétiner derrière moi).

La voiture était fermée à clé.

À ce moment-là, incapable de respirer et le cœur menaçant de s'arrêter, j'étais prêt à m'allonger et à laisser le cochon s'en donner à cœur joie. Mais une dernière goutte d'adrénaline me permit de grimper sur le capot et, de là, sur le toit de ma Honda. Le sanglier percuta la voiture avec une telle violence qu'il tordit la portière. Il ne parut aucunement blessé.

Recroquevillé sur le toit, j'essayais de reprendre mon souffle. Je n'avais plus peur ; j'étais si proche d'expirer que je n'étais plus capable d'émotion, je me demandais seulement si le cochon parviendrait à escalader le capot, puis le toit, et à m'attraper.

Il en fut incapable, ou en tout cas il ne sut pas comment s'y prendre. Il faisait le tour de la voiture en écumant.

Les clés étaient dans ma poche et je compris petit à petit qu'il me suffisait d'attendre que le cochon soit de l'autre côté de la voiture, de me laisser glisser, d'ouvrir la portière, de grimper et de m'en aller en toute sécurité.

Malheureusement, le cochon semblait avoir entrevu la même éventualité et il patrouillait sans relâche autour du véhicule, en attendant que je lui offre une jambe ou un bras à arracher. Il n'allait certainement pas me donner le temps de descendre et d'ouvrir la voiture.

Je repérai alors l'écouvillon que j'avais utilisé pour nettoyer mon fusil, posé sur le capot de la voiture. Je m'en emparai sans vraiment savoir pourquoi. J'imagine qu'une vague intention de l'utiliser comme une arme trottait dans mon pauvre esprit terrorisé. C'était à peu près aussi utile qu'une canne contre un éléphant enragé, mais au point où j'en étais, la raison n'entrait plus en ligne de compte. Je brandis l'écouvillon vers le cochon. Qui me renvoya un regard sinistre, aucunement impressionné.

Dans mon souvenir, cette impasse se prolongea plusieurs jours, mais la raison m'indique qu'elle a duré quelques minutes avant qu'un plan se dessine dans mon cerveau en lambeaux.

Ma voiture avait un klaxon étonnamment bruyant et je m'aperçus qu'il m'était possible de l'actionner avec l'écouvillon. J'attendis que le cochon soit près de l'avant de la voiture, pour garantir un effet maximal, puis j'introduisis la brosse et appuyai.

Le klaxon retentit. Le cochon fit un bond de soixante centimètres, couina et s'enfuit.

Je glissai du toit, ouvris la portière, la claquai et m'effondrai sur mon siège, haletant. L'homme était finalement supérieur au cochon.

Mais ce cochon-là était très têtu. Il courut jusqu'au bord du marais ou presque, s'arrêta et changea d'avis. Il se retourna et nous regarda, moi et ma voiture.

À ce moment-là, j'étais prêt à abandonner et à rentrer chez moi. Je voulais seulement récupérer mon .303 et passer une nuit tranquille à boire du whisky dans un motel de Quambone.

Mais le cochon n'avait aucune intention de cesser les hostilités. Il traversa la plaine à toute allure, je ne sais dans quel but, mais manifestement et assez logiquement furibond.

Je démarrai et me mis à rouler en m'éloignant à angle droit du cochon, en direction du portail. Je l'avais fermé derrière moi et si ce foutu cochon s'entêtait à me poursuivre, je n'aurais aucun moyen de descendre et de l'ouvrir.

Mais j'avais affaire à un cochon kamikaze. Il fonça sur la voiture de toute la vitesse de ses pattes et il était très rapide. Je roulais à environ trente kilomètres à l'heure.

Le cochon et la Honda entrèrent en collision.

La Honda s'en tira avec un pare-chocs froissé et le radiateur détruit. Le cochon fut tué sur le coup.

Je restai dans la voiture dix minutes avant d'ouvrir prudemment la portière pour inspecter le cadavre de mon adversaire.

C'était un sanglier gigantesque.

J'essayai de le charger dans le coffre de la Honda, mais en vain. Il m'était impossible de le déplacer.

La Honda clopina jusqu'à Quambone où un mécanicien du coin, amateur mais débrouillard, parvint à la rafistoler pour que je puisse atteindre Warren. Là, je louai un pick-up et les services d'un jeune costaud. Nous retournâmes chercher le cochon, qu'il chargea dans le pick-up, puis je rentrai à Sydney.

Il pesait cent quarante-sept kilogrammes et constituait le modèle idéal pour le cochon sauvage au centre de mon roman.

Je donnai la facture à John Crew : les réparations de ma voiture, la location du pick-up, mon pantalon déchiré et la perte de mon .303 que je n'avais jamais retrouvé. La note totale dépassait de loin l'offre qu'il m'avait faite à l'origine.

Il refusa de payer car, d'après lui, le budget du film ne prévoyait pas ce genre d'éventualité. En réalité, me suggéra-t-il, mon aventure était tellement loufoque que je devrais songer à en écrire l'histoire.

Je lui fis la réponse évidente que personne ne la croirait, comme tant d'autres histoires absolument vraies.

Mais j'ai gardé et fait naturaliser la tête du sanglier sur socle de bois. Il m'arrive de fixer les faux petits yeux porcins de feu mon adversaire en me demandant ce qu'il aurait fait de moi s'il avait remporté la bataille.

L'or noir

Escroquer les Aborigènes représente une véritable industrie dans les régions aurifères au nord de Kalgoorlie, en Australie-Occidentale. Ils reviennent souvent du désert avec de grosses pépites d'or trouvées dans des lieux étranges où peu de Blancs ont mis les pieds. Les gens du coin achètent ces pépites pour une fraction de leur valeur réelle et les mineurs affirment que les Aborigènes s'en contentent, puisque, de toute façon, l'or n'a aucune valeur à leurs yeux.

— Rends-toi compte, m'expliqua une crapule invraisemblable, un Noir trouve une pépite d'or qui vaut, disons, dix mille dollars au cours du jour. Pour lui, ça ne représente qu'une pierre dorée. Tu lui donnes cinq cents dollars et il te prend pour le père Noël.

Ce chercheur d'or, qui avait un visage de bandicoot[1] – méfiant, roublard et idiot – ajouta :

— De toute façon, ils craquent tout leur fric à boire des canons.

— Qu'est-ce que tu fais de l'or ? demandai-je. Tu l'envoies à la banque ?

---

1. Petit marsupial au très long museau.

Le mineur, qui s'appelait Jim, me lança un petit sourire de rongeur.

— Non ! T'en tires beaucoup plus au pub.

— Mais le cours de l'or est bien fixé, non ?

— Bien sûr.

— Alors comment peux-tu en tirer plus au pub ?

Jim me regarda comme si je plaisantais, ou comme si j'étais complètement obtus.

— Eh ben, faut bien que l'argent sale s'écoule quelque part, non ?

J'eus l'air ahuri, car je l'étais.

— Bon, m'expliqua patiemment Jim, imagine que t'aies quelques millions de dollars à blanchir – drogue, vol, crime ou même simplement du fric que tu veux pas déclarer au fisc – qu'est-ce que tu fais ?

Je n'en avais pas la moindre idée.

— Eh ben, tu viens ici avec ta valise de billets et tu achètes une concession minière, tu comprends ?

— Non.

Se rendant compte que j'étais simplement idiot, Jim s'expliqua clairement :

— Ensuite, tu vas t'asseoir au pub, tu fais savoir que tu veux acheter de l'or et que tu es prêt à le payer dix pour cent de plus que le cours actuel. Tout en liquide. Pas de reçu, pas de paperasse. Ensuite tu envoies l'or à la banque en disant que tu l'as trouvé sur ta concession. Tu reçois un beau chèque et tu blanchis ton argent sans payer d'impôts.

— C'est aussi simple que ça ?

— Aussi simple que ça.

— Et t'achètes beaucoup d'or aux Aborigènes ?

— Bien sûr. Ils ont le meilleur stock. Et puis ça évite d'aller prospecter.

— Et tu l'achètes à un dixième de sa valeur pour le revendre dix pour cent de plus que sa valeur ?

— Ouais, dit Jim avec un sourire épanoui. Pas mal, hein ? On se fait du fric sans faire de mal à personne.

Décidément, la prospection d'or n'était pas destinée à quiconque avait un soupçon de poil d'honnêteté. Mais j'avais encore beaucoup à apprendre.

Je venais juste d'arriver de Kalgoorlie à Leonora pour ma première aventure de prospection et je campais à une demi-heure de la ville. J'avais recherché de l'or assidûment pendant une demi-heure, mais n'avais rien trouvé. J'avais examiné la platitude alentour du désert brun, rouge et gris, piégé sous la coupe bleue du ciel. C'était vaste. Il y avait à coup sûr beaucoup d'or, mais aussi beaucoup de désert. Décidant que je n'étais pas taillé pour être chercheur d'or, j'étais parti au pub. C'était là que j'avais rencontré Jim.

Je n'appréciais pas particulièrement sa compagnie et dès que j'eus appris toutes les ficelles du métier, je rejoignis mon campement, encore plus fermement convaincu de ne pas être fait pour la prospection d'or.

Cependant, tandis que je roulais sur la piste à peine visible traversant le désert, je me demandai quelle serait ma réaction si un Aborigène venait à m'offrir une pépite d'or à un infime pourcentage de sa valeur.

De retour à mon camp, je fus choqué et culpabilisé d'y trouver un Aborigène offrant de me vendre une pépite d'or à un infime pourcentage de sa valeur.

Je le vis, debout à côté de ma tente, alors que j'étais encore à cinq minutes de lui, et je le pris d'abord pour un taureau dressé sur ses pattes arrière. En me rapprochant, cette apparition se résolut en un Noir aux épaules et au torse d'un énorme taureau, portant un chapeau gigantesque enfoncé au milieu, que j'avais pris pour des cornes, de loin. En plus du chapeau, il portait un pantalon en lambeaux et c'était tout.

Son énorme torse et son large visage au nez épaté étaient gris de poussière, mais on devinait qu'il avait la peau très noire. Je lui donnais dans les quarante ans, sachant que son ébauche de barbe blanche le vieillissait.

Il s'approcha de la voiture et j'aperçus derrière ma tente deux femmes aborigènes en haillons, assises par terre, entourées de chiens. L'une d'elles tenait un petit kangourou à moitié écorché et elles ne me regardèrent ni l'une ni l'autre. Tous les chiens se grattaient vigoureusement.

L'approche de cet homme immense, quasi nu et arborant un chapeau absurde, me rendit un peu nerveux. Il semblait capable d'aplatir ma voiture d'un seul coup de l'un ou l'autre de ses énormes poings. De vagues histoires d'Aborigènes sauvages du désert me revinrent à l'esprit.

Mais il se montra tout à fait civilisé en me saluant :

— Salut, mon pote. Je m'appelle Bulbul.

Son accent étrange et prononcé donnait l'impression que l'anglais n'était pas sa première langue.

Je me présentai en lui serrant la main et il ne perdit pas de temps à me faire savoir ce qu'il voulait.

— Juste rentré du bush, dit-il. Tu veux acheter morceau d'or ?

Je souffris simultanément de culpabilité et de cupidité, puis me ressaisis.

— Bon, je veux bien jeter un coup d'œil, répondis-je sans m'engager.

Après tout, il n'y a pas de mal à acheter une petite pépite souvenir à un bon prix.

Bulbul sortit de sa poche arrière une énorme pépite d'or, plus grosse que mon poing.

Il me la tendit sur la paume de sa main et, incrédule, je la saisis et faillis la laisser tomber tant elle était lourde.

C'était un morceau d'or irrégulier et noueux qui pesait au moins huit cents grammes. Au prix de l'or à cette époque, la pépite valait dans les trente mille dollars, mais elle était tellement magnifique qu'elle avait encore plus de valeur en tant que spécimen.

— Tu aimes ? demanda Bulbul en me regardant droit dans les yeux.

— Ben, oui. Elle est superbe, mais...

— Tu achètes ?

— Je suis désolé, mais je ne peux pas me permettre...

J'avais trois mille dollars sur moi.

— Tu donnes combien ? insista Bulbul.

— Écoute, excuse-moi, mais...

— Tu donnes mille dollars.

J'hésitai un instant.

— Mille dollars ? répétai-je.

— C'est ça. Tu donnes mille dollars.

Je déglutis. Je n'ai guère plus qu'un poil d'honnêteté et rarement l'occasion de me faire trente mille dollars sans enfreindre la loi.

— Allez, reprit Bulbul, qui semblait pressé de conclure le marché. Tu veux ?

Avec quelques remords, je me rendis compte que l'escroquerie de simples indigènes n'était pas pour moi.

— Bulbul, mon pote, cette pépite vaut au moins trente mille dollars.

Bulbul me regarda comme si j'étais fou.

— Eh ?

— Cette pépite vaut trente mille dollars.

Bulbul avait une expression vide et désemparée.

— Je donne à toi pour mille dollars, finit-il par dire.

— Non, Bulbul, tu comprends pas. Elle vaut trente mille dollars. Je pourrai jamais me permettre de te l'acheter à sa valeur réelle.

Il me vint à l'esprit que, comme beaucoup d'Aborigènes, Bulbul n'avait pas vraiment de notion des chiffres.

— Ça vaut beaucoup, mais alors, beaucoup plus que mille dollars, lui expliquai-je. Tu l'apportes en ville, et au pub quelqu'un t'en donnera trente mille dollars.

Bulbul me regardait d'un air songeur.

— Tu m'amènes en ville ? me demanda-t-il soudain.

Je vis le grabuge arriver. D'après ce que je savais des coutumes locales, personne n'allait donner trente mille dollars à Bulbul s'il ne marchandait pas. Je me voyais mêlé à une dispute entre cet énorme primitif et des hordes de mineurs rapaces. Cela dit, il aurait été mal élevé de refuser et, par ailleurs, j'étais curieux de voir ce qui allait se passer.

— D'accord, dis-je. Monte !

J'hésitai, fis un geste vers les deux femmes aborigènes, qui ne m'avaient toujours pas regardé, et dis :

— Et les dames ?

— Elles attendent, répondit Bulbul en montant.

Il ne restait plus beaucoup de place une fois Bulbul installé à l'avant, mais je réussis à me glisser à l'intérieur et repris la route de Leonora.

Bulbul ne décrocha pas un mot du trajet. Il semblait préoccupé ; je présumai qu'il se demandait ce qu'il allait faire de trente mille dollars.

Le pub était bondé, comme le sont tous les pubs de la région. Je repérai Jim le chercheur d'or, tout seul au comptoir, exactement là où je l'avais laissé, et décidai de m'adresser à lui pour avoir un tuyau.

— Salut, Jim. Mon pote a une pépite à vendre. Tu connaîtrais pas des acheteurs ?

Jim me regarda, puis Bulbul, et un sourire se dessina lentement sur ses traits de bandicoot.

— Tu lui as dit combien ça valait, n'est-ce pas ?

Je lui lançai un sourire d'excuses.

— Ben, ouais, je lui ai dit sa valeur réelle. Tu sais comment c'est.

— Y a toujours un nigaud pour mordre à l'hameçon, glissa Jim. Essaie cet étranger, dans le coin.

On reconnaissait l'étranger en question à son extrême propreté et à ses beaux habits. Il portait une veste de safari et un short avec de longues chaussettes.

— Non, c'est moi, dit Bulbul en s'approchant de l'étranger.

Je le suivis ; Jim me suivit.

— Tu veux acheter de l'or ? demanda directement Bulbul.

— Je suis là pour ça, répondit l'étranger avec un accent qui me parut allemand.

Bulbul sortit son énorme pépite.

— Tu aimes ? demanda Bulbul.

L'étranger s'empara de la pépite et l'examina sommairement.

— Combien ?

— Mille dollars, dit Bulbul.

— Hé, pas si vite ! hurlai-je, incapable de me retenir.

L'étranger me fusilla du regard. Je sentis Jim me tirer par la manche.

— Je l'achète à mille dollars, dit l'étranger en mettant la main dans sa poche de sa veste.

— Attendez un peu, dis-je.

Mais j'étais bien embarrassé, car rien n'empêche un homme de vendre son or au prix de son choix. Je n'avais rien à voir là-dedans et j'avais fait mon possible pour Bulbul.

Je me rendis compte que le bar s'était tu et que beaucoup d'yeux intéressés nous observaient. Je trouvai alors ce qui m'apparut comme la solution parfaite.

— Bulbul, je te l'achète, moi, cette pépite. Et je t'en donne trois mille dollars.

Jim me tirait violemment sur la manche, maintenant.

— Arrête tes salades, crétin, tu vas te faire tuer.

Mais j'étais inflexible. Si Bulbul tenait vraiment à vendre sa pépite pour trois fois rien, autant que ce soit à moi ; il en obtiendrait au moins deux ou trois mille dollars de plus. L'étranger semblait prêt à tirer à tout moment un poignard de sa chaussette et à me trancher la gorge.

— J'ai dit que j'étais d'accord, reprit-il avec une extrême froideur, pour acheter à mille dollars.

Je sortis mon portefeuille. Je savais qu'il contenait exactement trois mille dollars.

— Tiens, Bulbul, lui dis-je.

Ce qui me laissait complètement fauché et me forcerait à revendre immédiatement la pépite. Je rétablirais la part de Bulbul, tout en gardant une commission juteuse pour indemniser mon traumatisme.

Le regard perplexe de Bulbul oscillait entre moi et l'étranger. Sa main se dirigea lentement vers la liasse de billets que je lui tendais.

— Je t'en donne trois mille cinq cents, aboya l'étranger.

La main de Bulbul s'éloigna de ma liasse.

— D'accord, dit-il.

L'étranger sortit rapidement son portefeuille et compta trois mille cinq cents dollars. Exaspéré, je martelai le comptoir de coups de poing.

— Bulbul, cette pépite vaut dix fois cette somme !

Bulbul me jeta un regard vide et compta ses billets.

L'étranger glissa la pépite dans un sac à ses pieds et quitta le bar.

— Toi, tu ferais mieux de t'occuper de tes affaires, cracha-t-il en sortant.

— Ça, c'est bien vrai, dit Jim. Allez, viens, je te paie un coup.

Il se tourna vers le barman :

— Deux bières, Charlie.

Puis, à ma stupéfaction absolue, il demanda à Bulbul :

— Et pour toi, Bulbul, ce sera quoi ?

À ma stupéfaction encore plus absolue, Bulbul répondit :

— Une vodka orange.

— Je te conseille de la descendre vite fait et de partir d'ici avant que ce mec revienne. Pas qu'il puisse faire grand-chose, mais il a l'air un peu dangereux.

— Qu'est-ce que c'est que cette histoire ? couinai-je, interloqué.

— Bulbul vient de lui vendre un morceau d'acier plaqué or, dit Jim.

— Quoi ?

— C'est son racket. Il fabrique des pépites en acier qu'il trempe dans de l'or. Mais il ne peut que vendre aux étrangers. Nous, on le connaît tous.

J'étais extrêmement perplexe.

— Mais comment fait-il... je veux dire...

J'essayai de dire qu'une telle activité ne correspondait pas à ma conception d'un simple indigène, mais tandis que les mots me sortaient de la bouche, je me rendis compte quel imbécile je faisais.

— Il fait fondre de l'or et trempe la pépite dedans. C'est facile. Un Blanc pourrait jamais faire passer un truc pareil, mais personne ne soupçonne un Noir d'une telle ruse, surtout quand il vend aussi bas.

— Mais... mais l'acheteur...

Jim sourit.

— T'as fait monter le prix à trois mille cinq cents pour Bulbul. Bien joué.

— Oui, merci beaucoup, dit Bulbul, avec un accent remarquablement différent. Je te paierais volontiers un coup à boire, mais je crois qu'il vaut mieux pas traîner.

En revenant au campement, je demandai à Bulbul :

— Écoute, puisque je quitte à jamais la région, demain à l'aube, dis-moi juste un truc : où est-ce que tu trouves l'or que tu utilises pour plaquer l'acier ?

Bulbul se tourna vers moi et me regarda :

— Où veux-tu que je le trouve ? Je l'achète au pub, pardi !

Le chien qui aimait les animaux

J'ai ramassé de nombreux chiens errants dans ma vie, mais un seul a délibérément attenté à mon existence. Pour être tout à fait juste, sa tentative n'était pas forcément délibérée ; le chien était peut-être détraqué. Mais ce n'était pas d'un grand réconfort, ni pour moi ni pour la demi-douzaine d'autres personnes dont il mit la vie en danger.

Je l'avais appelé George. C'était un retriever, un labrador anglais à poil long. Une énorme boule dorée aux yeux éplorés, avec une gueule triste et molle, dans la pose d'une noblesse inaltérable – la tête dressée, le regard fixé sur l'horizon et une patte braquée vers un quelconque gibier imaginaire.

Je l'avais trouvé dans le Grand Désert de Sable, au nord-ouest de l'Australie-Occidentale et à une centaine de kilomètres de toute habitation.

Dieu seul sait ce qu'il faisait là. Il était peut-être tombé d'un pick-up, mais il n'avait aucune médaille d'identification. Quelqu'un d'un peu plus rusé que moi l'avait probablement conduit là-bas et froidement abandonné. Je l'avais adopté et il m'accompagnait dans mes voyages.

Il s'était révélé un chien d'arrêt infatigable, pour le petit gibier. Chaque fois que je campais, en traversant le nord-ouest du pays, par le Territoire du Nord et le Queensland, George partait d'un bond, explorait les buissons, les herbes, le désert, les bois ou les marais et rapportait un spécimen de la faune locale.

En trois semaines de voyage, il me ramena quatre bandicoots, deux tortues, un bébé émeu, plusieurs lézards, un chaton sauvage, de nombreux lapins et un python. Il portait ce dernier autour du cou et j'avais eu un peu de mal à le dégager avant qu'il ne rende son dernier souffle. George ne blessait aucune de ses prises. Sa gueule était si tendre qu'il pouvait porter un œuf cru pendant une heure sans le briser – un exercice auquel il s'adonnait d'ailleurs fréquemment. Je ne sais pas comment il attrapait toutes ces proies. J'imagine qu'il avait l'air si inoffensif qu'elles attendaient tranquillement qu'il s'empare d'elles. Cette situation dura trois semaines : une succession continuelle de créatures ahuries qu'il déposait délicatement à mes pieds et qui restaient souvent étourdies jusqu'à ce que je les encourage à ficher le camp et rentrer chez elles.

Quoiqu'excentrique, cette habitude restait toutefois anodine et j'appréciais la compagnie du labrador. Jusqu'à ce qu'il ramène un serpent mortel, un *king brown*, à l'intérieur du pub où je buvais un coup.

C'était à l'ouest de Rockhampton, au centre du Queensland. J'avais laissé George dans la voiture (les vitres baissées pour qu'il ne crève pas de chaud), franchi les battants de saloon (les portes sont encore comme ça dans le Queensland), lancé le « salut » de rigueur au barman (un homme grand et cadavérique qui ressemblait à un dingo aimable mais sous-alimenté) ainsi qu'aux cinq ou six consommateurs (tous étrangement gros et barbus, vêtus de marcels bleu foncé et ressemblant à des wombats suralimentés), et, enfin, j'avais commandé une bière.

Un énorme matou noir et hirsute, allongé sur le comptoir, écarquilla un œil pour tout signe de vie et me lança un regard malveillant tandis que je portais le verre à mes lèvres. Puis il ouvrit soudain les deux yeux, bondit sur ses pattes, fit le gros dos, se hérissa, rabattit les poils sur un côté de son corps, gonfla la queue et se mit à cracher furieusement. Je me retournai pour voir ce qui l'avait ainsi dérangé.

Planté sur le seuil, George tenait le plus gros *king brown* que j'aie jamais vu : il le tenaillait tendrement entre ses mâchoires, juste derrière la tête. Le reptile avait la gueule ouverte, les crochets bien exposés, les yeux brillants de méchanceté et son mètre et demi de corps épais et brun s'agitait en tous sens. Ce serpent était furieux.

Le *king brown* est parmi les reptiles les plus venimeux au monde. Les naturalistes racontent qu'il possède assez de venin pour décimer une armée ; il en avait en tout cas suffisamment pour régler leur compte à tous les consommateurs du bar ce jour-là.

George s'approcha de moi calmement et je sus exactement ce qu'il allait faire : doucement déposer ce reptile furieux et déchaîné à mes pieds.

On peut difficilement me qualifier d'agile. On pourrait même me résumer à un quintal de graisse d'âge moyen. Mais je grimpai sur le comptoir d'un seul bond. Imité par les six autres clients.

Preuve de la force morale des Australiens, quatre d'entre eux réussirent cet exploit en gardant leurs verres à la main. Ils eurent même la prévoyance de les vider avant de les lancer sur George.

Nous étions sept à danser sur le comptoir, terrorisés, hurlant contre George tandis que le barman sélectionnait ses fonds de bouteilles pour les jeter sur le chien.

George, en posture stoïque au milieu des bouts de verre, nous coulait un regard plein de reproches. Le serpent frétillait d'un air menaçant.

— George, l'implorai-je, va-t'en !

Il leva la tête puis, d'un mouvement plein de grâce, la baissa et déposa délicatement le serpent par terre.

J'étais persuadé que la dernière heure de George était venue. Mais le *king brown*, comme toutes les autres créatures capturées par le chien, semblait ahuri. Au lieu d'adopter un comportement de serpent normal (à savoir plonger ses crochets dans George puis s'éclipser rapidement), il se mit à ramper en direction du comptoir.

— Va chercher un fusil, nom de Dieu ! hurla l'un des hommes.

Le barman se précipita dans l'arrière-salle et réapparut aussitôt avec un vieux fusil de chasse à deux coups. Il était si nerveux qu'il le chargeait maladroitement et je me mis à redouter la chevrotine dans le dos tout autant que la morsure de serpent à l'avant.

Le premier coup de feu ébranla le bar et creusa un trou dans le plancher, à un mètre du reptile, qui poursuivit inexorablement sa trajectoire vers le comptoir.

Je m'aperçus alors pour la première fois que George craignait les coups de feu. Il avait poussé un aboiement angoissé en entendant la détonation, traversé la salle en toute hâte et bondi sur le comptoir pour se réfugier à mes pieds. Je jure qu'il essaya même d'entortiller ses pattes autour de mes jambes.

On se retrouva donc à sept sur le comptoir, plus un chien terrorisé et un chat déchaîné, tous les yeux braqués sur la longueur brune et funeste qui rampait vers nous, tandis que le barman tirait un deuxième coup de feu. Inexplicablement, ce dernier ne réussit qu'à briser la fenêtre du bar. Nous n'avions pas affaire à un tireur d'élite.

Le serpent atteignit le pied du comptoir, se dressa sur la queue et tout semblait indiquer qu'il était prêt à escalader et à nous pourchasser.

C'est alors que le chat lui sauta dessus.

Ce chat maîtrisait manifestement l'art de chasser les serpents. Il attrapa le *king brown* par la queue et se mit à le tirer vers la porte. Le reptile essaya de frapper, mais le chat le déjouait d'un mouvement de tête qui lui tordait la queue et le rendait momentanément inoffensif. (C'est un truc qui marche toujours avec un serpent. Vous le tenez par la queue et quand sa tête se lève pour vous frapper la main, vous tordez le poignet en l'éloignant. L'animal est incapable de frapper. Quand il tente une nouvelle attaque, recommencez. Vous devriez essayer, un jour.)

Nous encouragions tous avec grand enthousiasme la progression du chat vers la porte. Le barman tenta un nouveau tir, mais heureusement pour le félin, rata une fois de plus. Le chat avait pratiquement franchi le seuil quand George crut bon d'intervenir. Après tout, c'était son serpent.

Il sauta du comptoir, traversa la pièce à toute allure et saisit le serpent juste derrière la tête. Puis il se mit à traîner le serpent avec le chat et à les ramener vers le comptoir, et, vraisemblablement, vers moi.

Le serpent tendu entre les deux bêtes, les griffes du chat labourant le parquet d'un côté, George tirant de toutes ses forces considérables de l'autre, le trio se rapprocha petit à petit du comptoir. (Quant au serpent, ce n'était pas son jour, quand on y pense, mais sur le coup, personne n'y songea.)

Nous jetions tous des verres et des bouteilles. Certains touchaient le serpent, d'autres le chat ou George. Ni le chat ni George n'en firent cas et au point où en était le serpent, il ne pouvait plus s'en inquiéter.

Le barman tira un nouveau coup de feu. Une touffe de poils se détacha de la croupe du félin qui sursauta en miaulant, fit demi-tour et prit la fuite. Ce qui laissa donc George libre de reprendre sa mission et de livrer le serpent sur le comptoir.

Ce qu'il fit. Il se dressa sur les pattes arrière, posa celles de devant sur le bar et m'offrit le *king brown* comme un bon toutou dévoué.

Je bondis du comptoir comme un jeune faon, en même temps que les six autres hommes. Nous atterrîmes dans un bruit sourd qui ébranla le bâtiment et ce fut la mêlée, on se bouscula misérablement pour tous passer par la petite porte arrière. Le barman tenta de neutraliser le serpent et la tête de George en tirant à bout portant, mais il rata à nouveau sa cible.

Sept hommes se débattant et hurlant d'effroi, un chien débile avec un serpent mortel dans la gueule, un barman surexcité avec une réserve illimitée de munitions. La situation était loin d'être brillante.

Puis la vieille dame entra.

Sa tête dépassait à peine au-dessus du bar, elle était vêtue d'un jean crasseux et d'une chemise malpropre. Son visage avait un teint d'anguille fumée et son nez lui touchait le menton. Elle portait une canne.

— Mais qu'est-ce qui se passe ?

Sa voix me fit penser à un cri de paon très aigu ; il n'y a rien de plus perçant. Un lourd silence tomba. Même George se retourna.

La vieille dame vit le serpent dans la gueule de George.

— Dieu du ciel ! siffla-t-elle de sa voix de paon. Elle traversa la salle à grands pas, leva sa main libre et frappa George sur la tête.

Le chien lâcha le serpent et se réfugia au pied du comptoir.

Agilement, la petite vieille prit alors sa canne à l'envers, glissa la crosse sous le ventre du serpent, la souleva, traversa le bar d'un pas décidé, franchit le seuil et disparut dans le soleil.

Par le carreau cassé, nous l'observâmes traverser la route et déposer le serpent – très soulagé, sans nul doute – dans un terrain vague.

Puis elle revint dans le bar.

— On mange à six heures ! hurla-t-elle au barman.

— Oui, maman, répondit-il d'un ton penaud, en essayant de dissimuler le fusil.

Elle partit d'un pas lourd, tandis que nous nous remettions de nos émotions.

Après quelques bières réparatrices, nous vîmes réapparaître le chat, qui n'était pas grièvement blessé. Il s'approcha furtivement de George, fusilla sa noble face du regard, puis lui donna un sacré coup de patte sur la truffe.

George alla se réfugier dans la voiture.

Je dois avouer que j'étais du côté du chat.

Le mineur fou

Parmi mes nombreux défauts, je suis affligé de l'incapacité de distinguer les personnes saines d'esprit des fous à lier. Peut-être la différence est-elle minime, peut-être suis-je moi-même légèrement demeuré.

Dans un cas comme dans l'autre, ce défaut me précipita vingt mètres sous la surface calcinée du centre de l'Australie, sur le point d'éclater en mille morceaux ou d'être enterré vivant, voire les deux à la fois.

Comme la plupart de mes mésaventures, celle-ci commença au pub. Je me trouvais alors à Coober Pedy et la température – cinquante degrés à l'ombre – m'avait précipité dans le bar le plus proche.

J'y rencontrai Bert. D'une maigreur inimaginable, extrêmement velu, il approchait les deux mètres de haut. Ses pieds, ses bras, sa poitrine et son dos étaient nus et recouverts de fourrure rose. La couleur était due à l'encrassement poussiéreux, typique des mineurs d'opale. Avec ses dents jaunes qui avançaient, il était le portrait craché d'un très grand furet à poil rose, dressé sur ses pattes arrière.

Nos allures contrastaient bizarrement, au comptoir, car sans être beaucoup plus petit que Bert, mon enveloppe est plus substantielle. Alors qu'on peut aimablement me décrire comme un homme corpulent, mon médecin préfère me seriner que je suis dangereusement en surpoids. Avec Bert, j'étais comme une noix à côté d'une anguille.

Nous devînmes sans tarder bons potes de comptoir, comme ça se fait à Coober Pedy, en suivant les conventions de l'art de la conversation à l'occidentale.

— Salut.

— Salut.

— Fait chaud.

— Ça, fait chaud...

— On crève de chaud.

— Putain de chaleur.

— Ouais.

— Ouais.

Notre intimité ainsi établie, je confiai à Bert mon envie d'explorer une mine d'opale, une des raisons pour lesquelles je me trouvais dans la région. Comme je m'y attendais, quelques bières plus tard, Bert me conduisit jusqu'à son puits de mine, à une quinzaine de kilomètres de la ville.

Je fus considérablement déconcerté en m'apercevant que je devais descendre au fond de la mine en m'agrippant à un câble, debout sur le bord d'une grosse benne en fer dont le treuil était activé par un moteur à essence. Mon corps vieillissant m'était encore assez précieux et la gymnastique nécessaire à ce type de descente n'était pas pour moi.

Mais ce ne fut pas si terrible. Avec l'étroitesse du puits, il était impossible de tomber de la benne. En fait, il était creusé sur mesure pour Bert et j'eus même peur de m'y coincer. Mais j'arrivai de justesse au fond, où je me retrouvai dans une vaste caverne souterraine, agréablement fraîche, éclairée par une lumière électrique alimentée par le même groupe électrogène que le treuil.

La benne repartit chercher Bert à la surface et je me sentis un peu seul, à vingt mètres de profondeur dans le désert, sous cette voûte énorme aux parois, au sol et au plafond grossièrement taillés dans les superbes tons jaunes, bruns, roux et blancs des mines d'opale.

Situé sur le côté, un tunnel étroit, d'environ un mètre de long, menait à une autre galerie.

Bert se trouva soudain à côté de moi.

— Par ici, mon pote, me dit-il en se faufilant comme un furet dans la cave suivante.

Je le suivis avec un peu de difficulté car je rentrais tout juste dans le tunnel, mais je parvins à avancer en me tortillant, faisant au passage un petit accroc à mon short et un à ma chemise.

La seconde galerie était une réplique de la première, sauf qu'il y avait beaucoup de décombres au sol et le départ d'un puits horizontal. Manifestement, on y faisait des travaux.

En plus des outils et boîtes éparpillés par terre, il y avait un petit réfrigérateur d'où Bert s'empressa de sortir des canettes de bière glacées. Assis, adossés aux parois, nous consommâmes une, deux et sans doute plusieurs canettes, tandis que Bert m'expliquait les grands principes de l'extraction d'opale.

Je n'aime guère me trouver sous terre, que ce soit dans des grottes, des tunnels ou des mines, car j'ai une peur obsessionnelle que le tout s'effondre sur moi. Mais ce n'est qu'une obsession parmi tant d'autres et elle s'estompa sous les effets apaisants de la fraîcheur, de la bière et de la voix sifflante de Bert. Je songeai qu'il s'exprimait exactement comme on pouvait l'attendre d'un furet, avec une voix essoufflée, rauque et chuintante.

— De toute façon, faut que j'en fasse une maintenant, comme ça, je te montrerai, dit Bert.

Je n'avais pas la moindre idée de ce dont il parlait et compris que j'avais dû m'assoupir.

Il prit une pioche et creusa un petit trou à l'autre bout du nouveau puits. Puis, d'une boîte, il sortit un paquet qui ressemblait à un cube de papier kraft graisseux fagoté avec du fil de fer. Il avait à peu près la taille d'un gros melon, d'où sortait une longue mèche comme celle que l'on utilise pour les feux d'artifice.

Médusé et légèrement inquiet, je l'observai fourrer l'objet dans le trou, qu'il rembourra ensuite de gravats.

Mon affolement grimpa d'un cran quand il sortit une allumette et embrasa la mèche, qui se mit à crachoter et à siffler avec un effet menaçant.

— Mais qu'est-ce que c'est, nom de Dieu ? demandai-je en me levant d'un bond (enfin, en me levant).

— C'est une charge. Je viens de te l'expliquer. Tu sais, avec de la poudre à canon. C'est moi qui les fabrique.

— Mais tu l'as allumée ?

Ma voix était réduite à un couinement.

— Bien sûr, répondit Bert. Sinon comment veux-tu qu'elle explose ?

— Merde alors, hurlai-je, tirons-nous vite d'ici !

— On a le temps, la mèche est longue.

— Mais pourquoi l'as-tu allumée ?

— Je voulais effondrer un peu de terre, m'expliqua-t-il avec une certaine logique.

— Mais pourquoi l'avoir allumée *maintenant* ?

Ma voix s'était remise à couiner.

— Pour être sûr qu'elle s'éteigne pas.

Je n'arrivais pas à suivre son raisonnement.

— On a le temps, reprit Bert. Prends une autre bière.

Et ce misérable se baissa, sortit de nouvelles canettes du frigo et m'en tendit une. C'est alors que je compris que j'avais affaire à un maniaque.

— Mais ça va pas, non ? dis-je, terrorisé à la vue du crépitement blanc de l'étincelle qui s'approchait à une vitesse époustouflante – à mes yeux – de la charge mortelle. Je me barre ! lançai-je en me dirigeant vers le tunnel.

— Attends un peu, répliqua Bert d'un ton résigné. Faut que je démarre la benne.

Il glissa dans l'étroit tunnel, en une nouvelle imitation de furet. Je plongeai derrière lui, en me livrant à mon imitation habituelle d'un gros homme terrorisé.

Je me retrouvai bloqué au milieu du tunnel. Tout comme un bouchon trop large enfoncé dans un goulot trop fin, j'étais coincé.

Avec la tête et les bras dans une galerie et les jambes qui battaient furieusement dans l'autre, j'étais piégé, un énorme tampon de chair vivante et palpitante, désespérément coincé à trois mètres de cette satanée bombe.

Je compris plus tard que la bière que j'avais bue m'avait ballonné de liquide et de gaz. Par le cours naturel des choses, je finis par me libérer. Mais comparée à la progression de l'étincelle qui remontait la mèche en sifflant, la nature n'allait pas assez vite à mon goût.

— Sors-moi d'ici ! hurlai-je à Bert, qui tripatouillait le mécanisme de la benne.

— Qu'est-ce qui se passe ? demanda doucement Bert.

— Je suis coincé ! braillai-je.

— Ah bon, répondit-il, l'air intéressé.

Il s'approcha de moi, m'agrippa par les bras et me tira vers lui avec beaucoup de force. Il était mince, mais nerveux, et il avait une poigne d'acier : il manqua de me disloquer les bras, rien de plus. En réalité, il me bloqua encore davantage.

— Tu ferais mieux de sortir de là, mon pote, me conseilla-t-il, toujours très gentiment. Ça va péter derrière toi, tu sais.

— Bien sûr que je le sais, nom de Dieu ! beuglai-je. Je peux pas bouger !

— Tu devrais peut-être aller éteindre l'amorce, mon pote, me suggéra-t-il.

Cette idée était pleine de bon sens ; j'essayai donc de me tortiller en arrière. En vain. Je n'arrivais pas à activer mes bras et mes jambes.

Je ne pouvais compter que sur mes abdominaux. Dans des circonstances normales, ils ne sont pas particulièrement utiles. Dans les circonstances présentes, ils étaient futiles.

— Pousse ! lançai-je à Bert, qui observait mes efforts avec un détachement clinique.

Il me poussa la tête et ne passa pas loin de me briser le cou. Sans me faire bouger d'un pouce.

— Écoute, me dit-il, sans trahir la moindre urgence mais en faisant preuve d'un minimum de sollicitude. Tu ferais mieux de sortir de là ; le truc va exploser et si ça se trouve, tout va s'effondrer.

J'aurais normalement levé un sourcil hautain pour montrer sa débilité à mon interlocuteur. Dans l'état, je me mis à hurler :

— Et qu'est-ce que tu crois que j'essaie de faire en ce moment, espèce d'imbécile !

Vexé, Bert me tourna le dos.

— Dégage-moi, espèce d'andouille ! beuglai-je.

Bert y consacra quelques secondes de réflexion et finit par décider que ça valait le coup d'essayer. Armé d'une pioche, il attaqua le tunnel, à quelques centimètres de ma tête.

Je gardai les yeux bien fermés en me demandant si j'allais trouver la mort sous la forme d'une explosion, à l'arrière, ou alors à l'avant, d'un coup de pioche entre les deux yeux.

— Punaise, la terre est dure, râla Bert, en s'interrompant brièvement pour éponger la sueur de son front. Je vais jamais y arriver à temps.

— Comment ça ? criai-je.

Bert me dévisagea pensivement – enfin, ce qu'il voyait de moi : un visage terrorisé et deux bras frénétiques qui sortaient de la terre.

— Bon, dit Bert. On a un problème.

Il cogita un peu avant de poursuivre :

— Parce que tu sais, mon pote, cette charge risque de détoner à tout instant.

— Je sais. C'est pour ça que tu dois me tirer d'ici !

— C'est bien ça, le problème, mon pote, j'y arrive pas. Alors pas la peine de traîner ici plus longtemps. Bonne chance, mon pote !

Et ce mufle se dirigea vers la benne.

— Tu peux pas me laisser ici ! m'époumonai-je.

— Je vois pas l'utilité qu'on se fasse tuer tous les deux, dit-il avec une logique imparable.

Je le regardai, bouche bée. Derrière moi j'avais une bombe prête à exploser, et devant moi un furet, un vrai Judas, qui s'apprêtait à m'abandonner. Ma carcasse était déjà encastrée dans sa tombe. Dans quelques instants, je serais un magma sanglant enfoui à jamais au cœur du désert. Ce qu'il resterait de moi ne vaudrait pas la peine que l'on en parle.

— Hé, Bert, l'implorai-je.

— Tu ne comptes quand même pas vivre éternellement ? philosopha-t-il en posant un pied sur le rebord de la benne.

Je n'eus pas le temps de lui expliquer que la vie éternelle était précisément une de mes grandes ambitions.

— Bert ! chevrotai-je.

Il marqua une nouvelle pause, comme pour me consoler. C'est ce qui le perdit.

La charge explosa avec un « boum ! » étouffé.

Je ressentis une pression immense sur l'arrière-train, comme si j'avais reçu la fessée d'un mur de brique.

Puis tout se déroula au ralenti, dans une intensité soutenue.

Je fus propulsé hors du tunnel comme l'homme canon dans un cirque. À part que pour moi, tout se déroulait très lentement.

J'entendis vaguement un énorme rot et j'eus même le loisir de m'apercevoir qu'il provenait de mon estomac, à cause de la déflagration qui me faisait traverser le tunnel au vol.

Je volais donc. Devant moi, Bert se recroquevillait à l'approche de mon énorme masse. Il n'y avait que lui entre moi et la paroi dure comme la pierre.

Il leva les bras pour m'éviter. C'est alors qu'avec un certain manque de cœur, sans grande réflexion et, me sembla-t-il, tout le temps dont j'avais besoin, je baissai les bras et fis exprès de percuter Bert de plein fouet avec mon épaule droite.

Son hurlement angoissé était musique à mes oreilles.

Nous nous sommes retrouvés entassés au sol, dans des vapeurs de fumée et de poussière délétères.

Bert se tenait le ventre en essayant de reprendre son souffle. Je n'avais aucun mal, hormis quelques égratignures et des accrocs à mes vêtements. La charpente sèche et souple de Bert avait admirablement amorti ma rencontre avec le mur. Je me fichais complètement que Bert soit mortellement blessé ou non.

Il ne l'était pas. Il avait seulement le souffle coupé.

Il finit par se remettre et, d'un air de reproche, m'indiqua le chemin de la benne, me fit monter, me suivit peu après et me ramena à Coober Pedy. Il me déposa devant le pub et poursuivit son chemin sans dire un mot.

Mais il faut bien reconnaître que les amitiés de bistrot sont rarement durables.

Rencontre du type corallien

La rencontre de gars sympas au bistrot est à la source de la plupart de mes ennuis. Non seulement ces bonshommes aggravent ma tendance naturelle à l'alcoolisme, mais ils m'entraînent aussi dans toutes sortes d'aventures auxquelles je préférerais ne pas être mêlé. Les copains de bar me portent la poisse depuis que j'ai commencé à fréquenter les bistrots, et ça ne date pas d'hier.

Mais aucun camarade de comptoir ne m'a apporté plus d'ennuis que Bill. Et ce, en l'espace d'un quart d'heure.

J'ai rencontré Bill dans un bar d'Airlie, excellent point de départ pour la grande barrière de corail, au nord du Queensland. C'était l'un de ces jeunes baraqués qu'on croise souvent là-haut, tout en muscles et en bronzage, avec le regard bleu clair du buveur de rhum assidu. Il était laid, mais aimable, un peu comme un gorille.

Il me raconta qu'il venait de s'installer à Airlie comme moniteur de plongée sous-marine. J'exprimai un intérêt aussi poli que théorique pour cette discipline que je n'avais jamais pratiquée et qui ne me tentait guère puisque je sais à peine nager, que je suis presque obèse et que j'ai une phobie morbide des requins. Cette peur est totalement irrationnelle et je ne cherche pas à la justifier. Je sais pertinemment que les voitures sont bien plus dangereuses que les requins, mais je ne suis absolument pas effrayé par les voitures alors qu'on m'a vu bondir d'un torrent d'eau douce, à cinq cents kilomètres à l'intérieur des terres, en voyant l'ombre imaginaire d'un aileron triangulaire fendre les flots. J'essayai d'expliquer ma névrose à Bill.

— Les requins de corail ne mordent pas, répliqua-t-il. Allez... viens plonger, tu verras. C'est pas sorcier, vraiment à la portée du premier imbécile venu. Et puis, je veillerai sur toi. Viens essayer.

J'ai une importante règle de vie qui m'a sauvé la peau un grand nombre de fois : je n'accepte jamais de défi. Il arrive hélas que ce principe louable se dissolve dans le rhum, surtout à dix heures du matin.

Après avoir donné une somme d'argent raisonnable à Bill (je crains d'avoir été victime de sa méthode de racolage habituelle), je me retrouvai dans un bateau à moteur gros et puissant qui fonçait dans les eaux translucides du passage Whitsunday.

En moins de deux heures, j'avais parcouru quatre-vingts kilomètres en direction de la Nouvelle-Zélande et Bill amarra le bateau à une barrière de corail. Le sommet du récif n'était qu'à un mètre sous nos pieds, mais à six mètres de là, la falaise corallienne tombait à pic sur le lointain et obscur fond océanique, plusieurs centaines de mètres en contrebas. Au nord, au sud, à l'est comme à l'ouest, il n'y avait rien d'autre à perte de vue que des oiseaux de mer qui, d'après mon interprétation, n'attendaient qu'une chose : ronger des os humains.

Pendant le trajet, bien en sécurité dans le puissant hors-bord, les mèches de mes cheveux gris me fouettant le visage, je m'étais senti comme un gentleman vieillissant en quête d'aventure. C'était peut-être à cause du rhum. Une fois l'ancre jetée, le regard fixé sur les eaux pleines de vie et de couleurs, je me mis à penser aux créatures qu'elles abritaient et ma nature de lâche revint au galop. Chaque soupçon d'ombre se transforma en un énorme requin mangeur d'hommes à l'heure du casse-croûte.

— Zut alors, dis-je en prenant l'air gêné. Figure-toi que j'ai oublié mon maillot de bain. Quel dommage ! Enfin, peu importe, Bill. T'as qu'à nager, toi, je me contenterai de te regarder.

Il se tourna vers moi.

— Ça m'étonnerait que tu choques les poissons. Allez, déshabille-toi, je vais te montrer comment marche l'équipement.

Impossible de me sortir de cette situation sans avouer carrément que l'idée de m'enfoncer dans cet élément étranger grouillant d'une vie indubitablement féroce me terrifiait. Je lui dis donc :

— L'idée me terrifie, Bill. Tu sais, avec les requins et tout ça.

— Les requins de corail ne mordent pas, répondit-il impatiemment. Allez, à poil !

Je lui obéis. J'étais bientôt nu sur le bateau, ce qui n'était pas beau à voir. Bill m'enveloppa alors d'un gilet stabilisateur, me donna une bouteille avec un détendeur, un masque, une ceinture de lest et des palmes. Au total, cet attirail devait peser une demi-tonne.

Les instructions de Bill étaient sommaires.

— Tu tournes ça dans ce sens si tu veux descendre et dans l'autre si tu veux remonter, dit-il en indiquant une valve dans mon gilet gonflable. Tu risques rien, je serai tout le temps avec toi. Fais attention à une seule chose : n'oublie pas de respirer.

— Respirer est une véritable manie chez moi, répliquai-je, sur la défensive.

— Oui, mais quand les gens ont peur, il leur arrive de remonter trop vite en retenant leur respiration. L'air comprimé dans les poumons se décompresse pendant la remontée. S'ils arrêtent de respirer, leurs poumons se déchirent – sale affaire.

— Pourquoi aurais-je peur ? demandai-je nerveusement.

— Bof, on sait jamais. Au fait, si t'as mal aux oreilles, mouche-toi et ça devrait se débloquer.

— Comment je fais pour me moucher avec un masque ?

— Tu souffles, c'est tout.

Je commençais à me poser quelques questions sur Bill.

Après deux ou trois autres recommandations d'ordre général, il me dit :

— Allez, saute par-dessus bord et on va s'entraîner là où l'eau est peu profonde.

Je suis rarement enclin à sauter par-dessus bord. Avec une demi-tonne d'appareillage sur le dos, j'en étais simplement incapable. Mais j'effectuais une douce descente dans l'eau tiède quand Bill me prévint :

— Au fait, fais attention de pas mettre le pied sur un poisson-pierre. Ils sont mortels.

J'interrompis ma descente.

— Et à quoi on les reconnaît ?

— C'est bien le problème. On les voit pas.

Je doutais de plus en plus des facultés de Bill. Je tentai de me hisser un peu hors de l'eau pour poursuivre la conversation, mais c'était impossible sans son aide et il se garda bien de me l'offrir. Il était dans l'océan pour m'aider à y pénétrer.

À côté de lui, dans l'eau jusqu'à la taille, je sentis un craquement de corail sous mon pied et attendis que l'épine du poisson-pierre transperce ma précieuse chair ratatinée.

— Bien, commença Bill. Maintenant, assieds-toi et respire.

Confiant mon âme à Dieu et mon corps aux profondeurs océanes, je m'assis et respirai.

C'était étonnamment facile et la vue me sidéra : quelle beauté époustouflante ! Quelle expérience formidable ! L'émerveillement de pouvoir respirer sous l'eau était éclipsé par l'émerveillement du monde corallien : les bancs scintillants de minuscules poissons argentés, des créatures de toutes les formes et couleurs possibles et imaginables glissant parmi le kaléidoscope de coraux, les ondulations de superbes algues et les grosses étoiles de mer jaune... On a tous vu ça au cinéma. Mais de le découvrir soi-même, de se trouver réellement plongé dans cet environnement, c'est autre chose. Je me régalais. Pendant cinq minutes, j'étais un sacré lascar, je pataugeais tranquillement en écarquillant les yeux, le dos réchauffé par le soleil et le ventre touchant presque le fond. J'adore la plongée sous-marine – dans un mètre d'eau.

Après cinq minutes de bonheur absolu, Bill me dit :

— Allez, on plonge maintenant.

Et il s'engouffra dans les profondeurs au-delà du récif.

Je protestai en affirmant que j'étais heureux là où j'étais, mais Bill continua. Je scrutai la vaste étendue d'eau sans la moindre trace de terre et décidai que je préférais encore suivre Bill que de rester seul. Grave erreur.

Après m'avoir attendu à quelques mètres du récif, Bill me dit :

— Fais bien gaffe de pas toucher aux coraux de feu. La douleur est insupportable.

— Et à quoi ça ressemble ?

— Tu les reconnaîtras dès que tu les verras.

Bill enfonça l'embout entre ses énormes dents blanches de gorille, me décocha un sourire dément qui se voulait réconfortant, puis il plongea. Il commençait à me déplaire.

J'envisageai de revenir vers le bateau, mais je me savais incapable de remonter à bord sans aide et je redoutais l'idée de me retrouver seul dans l'immensité de l'océan avec Dieu sait quelles créatures en train de lorgner mon corps sans défense et ces sales oiseaux qui tournoyaient au-dessus de ma tête pour s'aiguiser l'appétit.

Je tournai sur le bouton de mon gilet et coulai, prenant bien soin de respirer furieusement.

Encore une fois, le spectacle époustouflant faillit surpasser mon effroi. La falaise corallienne se dressait devant moi, grand mur aux couleurs ondoyantes et chatoyantes. L'eau pure et transpercée de soleil foisonnait de poissons. Certaines formes un peu plus sombres se déplaçaient au loin et me terrifiaient, mais le monde de vie et de couleurs ardentes et bouillonnantes me captivait à tel point que je me laissais doucement glisser le long de la paroi corallienne.

Mais où était passé ce satané Bill ?

Le problème, avec un masque, c'est qu'on ne voit que droit devant soi. Bill n'était pas droit devant moi. J'essayai de tourner la tête sans beaucoup de succès. Je ne voyais toujours pas mon compagnon. S'était-il fait emporter par quelque créature ? Je me sentis soudain terriblement seul, tandis que je continuais à descendre de plus en plus bas, vers le sombre abysse où se promenaient à coup sûr des monstres inqualifiables.

J'éprouvai une envie pressante de voir le soleil. Je tournai violemment le bouton de mon gilet et coulai comme une pierre.

Avec ce qui me restait de bon sens, je compris que j'avais tourné la manette du mauvais côté. Je l'activai donc dans l'autre sens et me retrouvai propulsé vers la surface comme un bouchon.

Je fus un instant presque soulagé, puis je m'aperçus que je retenais ma respiration. En sentant la pression dans ma poitrine, je fus bientôt convaincu que mes poumons allaient me sortir de la bouche. Je tripotai une nouvelle fois le bouton pour ralentir mon ascension et me mis à respirer comme un marathonien en fin de course.

Il me fallut longtemps pour atteindre un degré de calme relatif et quand ce fut le cas, je constatai que j'étais statique. J'avais accidentellement réussi à me stabiliser et voilà que je flottais à une dizaine de mètres de la surface et à une centaine du fond. Ce qui me donnait au moins le loisir de réfléchir. Je réfléchis. Où était passé ce satané Bill ? Je me tournai péniblement, mais il avait disparu.

Ce que je vis, en revanche, à moins de trois mètres de la direction dans laquelle je dérivais tranquillement, était un gros récif de corail rouge flamboyant qui ne pouvait être que le corail de feu contre lequel Bill m'avait mis en garde. Il avait raison. Je le reconnus dès que je le vis.

Ayant presque retrouvé mes esprits, je donnai quelques coups de palmes pour m'éloigner de l'horreur écarlate. Je m'en rapprochai d'un mètre.

— Bill ! hurlai-je.

Ce qui eut évidemment l'effet de me faire cracher l'embout. Le temps que je le récupère et avale l'air dont j'avais grand besoin, j'étais à deux ou trois mètres sous le corail de feu qui dépassait du récif principal. Si j'essayais de remonter, je me cognerais en plein dessus.

Je n'arrivais pas à comprendre pourquoi j'avais perdu mon sens de l'orientation et je réessayai, donnant des coups de pied à gauche des deux jambes. La poussée me propulsa directement contre le mur de corail. Les ruissellements de sang d'une dizaine d'égratignures dégoulinèrent sur mon ventre nu et se mêlèrent aux superbes gerbes de couleur autour de moi. Mon intérêt pour l'esthétique du lieu s'estompa rapidement.

Tentant de me protéger du corail avec les mains, je les entaillai aussi. Le corail de feu était suspendu au-dessus de ma tête et le corail normal, tranchant, me découpait en rondelles. J'étais incapable de me diriger là où je voulais et mes oreilles me faisaient souffrir. Je n'étais pas heureux.

Puis je vis Bill qui glissait habilement vers moi, une palme à la main. Voilà pourquoi je n'arrivais pas à m'orienter correctement : j'avais perdu une palme. Et voilà pourquoi Bill avait disparu : il était allé la récupérer. Il me la glissa au pied, m'indiqua le corail de feu en agitant la main pour me prévenir des dangers, puis m'éloigna de la falaise. Beaucoup de poissons nous avaient rejoints, probablement attirés par mon sang. Quelle pensée abominable !

Bill rapprocha son visage du mien. Il ressemblait à une gargouille enveloppée de bulles, au sourire dément. Je voulais rentrer chez moi.

Bill leva la main, le pouce en l'air.

Nous avions convenu de ce signal pour qu'il me demande si tout allait bien. Je dressai mon pouce aussi et l'agitai ardemment vers la surface.

Bill approuva d'un signe de tête, se fendit d'un autre sourire maniaque, puis il fit demi-tour et plongea, en me faisant signe de le suivre.

J'aurais pleuré, mais ce n'était guère pratique sous le masque.

Je voulais deux choses à tout prix : remonter à la surface et ne pas perdre Bill de vue. Ces deux ambitions étant inconciliables, je choisis Bill. J'ajustai le bouton du gilet, baissai la tête, agitai les jambes et m'enfonçai dans les belles et étranges profondeurs à la suite de Bill, qui était à présent relativement loin.

Puis je vis le requin.

C'était un requin-corail, une traînée gris-noir de puissance hydrodynamique, mince et nonchalante. La raison me disait qu'il n'attaquerait pas. Mon cœur, en revanche, me disait qu'affolé par le sang qui s'échappait toujours des petites plaies sur mon ventre, il allait bientôt me mettre en lambeaux. Ce qui aurait fait de moi le premier homme de l'histoire à être massacré par un requin-corail. Je préférais construire ma gloire posthume sur d'autres exploits.

« N'oublie pas de respirer », me dis-je. L'avertissement était inutile : je haletais de peur.

Le requin disparut de mon angle de vision, mais je restai persuadé qu'il se cachait juste derrière moi. Ma nudité empirait les sensations. Des fesses nues offertes à un requin-corail confèrent un sentiment de vulnérabilité aiguë.

Je n'avais pas perdu Bill de vue. Il n'était pas beaucoup plus bas que moi et, tout excité, il gesticulait en m'incitant à le rejoindre. Mes sentiments pour lui étaient maintenant clairement ambivalents. D'un côté j'avais envie de le tuer, de l'autre j'avais envie de sentir ses bras musclés m'envelopper et me remonter illico dans le bateau. Je me dirigeai vers lui, bien décidé à lui faire part de mes besoins, d'une manière ou d'une autre.

Je l'attrapai par les épaules et me mis à gesticuler dans tous les sens pour lui faire comprendre que je voulais qu'il me remonte à la surface, loin des nombreux périls qui me guettaient, y compris une crise cardiaque due à la terreur.

Bill sourit. Dieu, comme je détestai ce satané sourire ! Il montrait du doigt quelque chose proche du bord de l'abîme sur lequel notre monde reposait.

C'était un gros poisson rouge.

Bill m'agrippa le bras et hocha la tête. Il voulait que j'arrête de bouger. Convaincu que, craignant une attaque du requin ou une autre mésaventure tout aussi redoutable, Bill voulait se libérer pour mieux me protéger, je me dégageai et me calmai.

Bill fonça sur ce foutu poisson rouge.

Mais pourquoi s'intéressait-il tant à un poisson rouge ? L'eau grouillait de créatures de toutes les couleurs auxquelles Dieu avait pu penser, et d'autres encore. Naturellement, il ne s'agissait pas d'un simple poisson rouge. J'avais aperçu l'animal dans le lointain, mais Bill se chargeait de le ramener vers moi. Plus il s'approchait, plus il grossissait, jusqu'à ce qu'il atteigne les proportions d'une baleine. C'était un poisson énormément gros, avec une gueule patibulaire à la malveillance ancestrale et une petite queue boudinée. Il ressemblait à une carpe gargantuesque et obèse qui s'avançait vers moi comme un dirigeable halieutique et qui, j'en étais persuadé, pourléchait déjà ses lèvres grassouillettes.

Un résidu de souvenir d'histoire naturelle m'indiqua qu'il s'agissait d'un mérou géant, mais j'avais du mal à me souvenir si l'espèce était cannibale. Peu importait. Si aucun mérou n'avait goûté à la chair humaine avant, celui-là allait tout de même me dévorer. Je n'étais même pas rassuré de voir Bill le diriger vers moi à coups de pied et de poing.

La bête infâme était si proche à présent qu'elle m'apparaissait comme un immeuble de dix étages. Elle ouvrit et referma la bouche, à la manière des poissons, m'offrant une perspective terrifiante sur une multitude de dents et le trou noir immense de sa gorge, dans lequel j'étais persuadé de bientôt devoir glisser comme sur un toboggan. Bill lui donna un nouveau coup de pied, le poisson roula ses gros yeux sur le côté et eut l'air passablement mécontent.

C'est alors que, juste sur ma droite, j'aperçus encore le maudit requin ou un requin très similaire. Les eaux grouillaient manifestement de ces brutes. Celui-ci se contentait de nous tourner autour, ses atroces mâchoires dégoulinant sans doute de bave, en attente de toute miette de ma chair qui échapperait au mérou. Je n'étais pas heureux.

Alors que je me croyais tétanisé par la peur, une douleur abominable me poignarda la tête et monopolisa mon esprit. Mes oreilles me faisaient souffrir le martyre. Mes tympans s'apprêtaient à exploser. Je me laissai dériver vers le corail, sans me soucier de savoir si je respirais ou non, fou de douleur et d'effroi, et résigné à ne rien faire d'autre que de maudire Dieu, Bill et d'en finir rapidement avec la vie. J'étais dans un triste état.

Une dernière étincelle d'instinct de survie m'incita à essayer de me moucher pour me déboucher les oreilles. Et je ne parvins qu'à cracher mon embout.

J'étais complètement découragé et Bill, me voyant batailler comme un minable avec mon embout, cessa de jouer avec le mérou, fonça sur moi et reconnecta ma bouteille d'air. J'en pris une grande bouffée. Rien ne vint. Ma détresse devait être évidente, même aux yeux d'un homme aussi insensible que Bill. Il jeta un coup d'œil sceptique sur ma jauge d'air. Puis il me lança un regard pénétrant.

Je lui rendis un regard désespéré et retins ma respiration.

Sans hésiter, Bill balança un direct du droit et, avec une violence inouïe, plongea son poing serré dans mon plexus solaire souple et mou.

Je me souviens avoir vu une énorme goutte d'air s'échapper de ma bouche et tourbillonner, en une énorme bulle, vers l'éclat irisé de la surface de l'eau, une vingtaine de mètres au-dessus de nos têtes. J'étais sans doute à moitié dans les pommes après ça, car je me rappelle seulement une ascension express floue et hors d'haleine dans un étourdissement de couleurs et de bulles argentées.

Quand je repris connaissance, je flottais sur le dos à côté du bateau et Bill me tenait la tête hors de l'eau.

Je l'aimais tendrement à cet instant, mais une question sans réponse subsistait entre nous.

— Pourquoi m'as-tu frappé ? lui demandai-je d'une voix plaintive.

— Sinon, t'aurais jamais eu assez d'air pour remonter, me répondit-il raisonnablement. T'as dû respirer dix fois plus vite que la norme. Il fallait que je te remonte et si je t'avais remonté avec les poumons pleins d'air, t'aurais explosé. Alors il fallait bien que je te vide. C'est la procédure habituelle.

— Oh.

— Tout va bien maintenant, me dit-il d'une voix enthousiaste. J'ai une autre bouteille dans le bateau. On va réessayer.

Je n'aurais jamais cru pouvoir grimper à bord du bateau sans aide, mais j'y parvins. Et ni les forces du bien, ni celles du mal, ni même Bill ne purent m'en déloger jusqu'à ce que nous soyons à quai.

Je bus un verre d'adieu avec Bill le lendemain, désireux de revenir sur nos aventures, mais il ne parlait que du mérou. Il n'en avait jamais vu d'aussi gros.

Il faisait trois bons mètres de long. J'aurais juré que c'était plus proche de quinze.

J'ai appris ma leçon, en tout cas, et je compte bien transmettre à mes petits-enfants la seule sagesse que j'aie jamais retenue : il ne faut jamais, sous aucun prétexte, boire du rhum, le matin, dans un pub d'Airlie avec un mec qui s'appelle Bill.

Six taïpans

J'ai l'habitude de sillonner la campagne à la recherche d'anecdotes que j'incorpore ensuite dans des récits ou que j'utilise comme thème romanesque. Les situations observées doivent presque toujours être radicalement modifiées, pour la simple et bonne raison qu'elles sont invraisemblables.

Cependant, on peut parfois rencontrer une situation vraie qui n'ait besoin d'aucune modification : sa valeur réside dans son extravagance même, mais elle est si extravagante que l'on ne peut pas raisonnablement s'attendre à ce que quelqu'un y croie.

L'histoire des six taïpans appartient à cette catégorie, et pour garantir sa véracité, je ne peux que me placer sur la défensive et affirmer que j'ai des témoins et que je suis prêt à les faire comparaître.

Je me promenais à proximité de l'Alligator River, qui borde la terre d'Arnhem – j'effectuais des recherches sur les animaux domestiques revenus à l'état sauvage –, lorsque je me perdis à la tombée de la nuit, ce qui m'arrive fréquemment.

Apercevant un feu de camp, je m'en approchai pour demander mon chemin et j'y rencontrai un naturaliste allemand qui étudiait les reptiles de la région. C'était un gros bonhomme d'âge moyen, d'un physique assez semblable au mien, et qui s'exprimait dans un anglais excellent, bien qu'assez scolaire. Il s'appelait Hans et il travaillait pour un zoo ou un musée quelconque en Allemagne.

Je passai la nuit à son campement et il m'exposa son projet de ramener quelques taïpans chez lui. Pour une raison obscure, cette espèce de serpent est très précieuse aux yeux des Allemands, qui aiment l'exposer dans leurs zoos. En Allemagne, un taïpan en vie peut vous rapporter un ou deux milliers de dollars, m'apprit-il, mais leur trafic est illégal, puisque c'est une espèce protégée.

Ce qui n'empêche pas les trafiquants peu scrupuleux d'essayer de les exporter. J'ai une fois rencontré un homme qui avait tenté de rejoindre l'Allemagne avec, à bord de son voilier, un chargement de cent taïpans. Il avait l'intention de s'enrichir, mais personnellement, j'estimais qu'il courait le risque de saturer le marché. Je n'ai jamais su ce qui lui était arrivé, mais la pensée seule me fait trembler.

Les ambitions de Hans étaient moins extravagantes, mais il n'en voulait pas moins deux taïpans. Il avait essayé d'obtenir un permis par toutes les voies officielles, mais en vain. Il est évident que si son zoo avait écrit à un zoo australien et était passé par les filières conventionnelles, ils auraient pu s'entendre, mais il n'avait pas le temps d'attendre. Hans rêvait d'un retour glorieux avec les taïpans – qui aurait par ailleurs donné un coup de fouet à sa carrière.

Sachez qu'il est facile de se procurer un taïpan en Australie. Il vous suffit d'entrer dans un pub d'une région à taïpans et de faire savoir que vous êtes prêt à payer, disons, cent dollars, pour en obtenir un. À peine rentré à votre hôtel, plusieurs types viendront frapper à la porte de votre chambre en vous disant : « Psst, c'est toi qui veux acheter un taïpan, mon pote ? »

Je mentionnai cela à Hans, juste en passant, et il sembla très intrigué.

La conversation dériva ensuite sur des sujets d'ordre plus général et nous nous aperçûmes que nous devions prendre le même avion, de Darwin à Bali, quelques semaines plus tard.

Pour marquer cette étrange coïncidence, nous décidâmes même de nous retrouver dans un hôtel de Darwin, la veille du départ. Et sur ce, le lendemain, chacun partit de son côté.

Je me perdis à nouveau, naturellement, mais seulement provisoirement, et, comme prévu, je me retrouvai à Darwin la veille de la date fixée pour mon vol à destination de Denpasar. Je me souvins de Hans et passai à son hôtel dans la soirée. Il m'accueillit avec l'enthousiasme que les gens manifestent quand ils retrouvent un compagnon de fortune rencontré en pleine nature, m'offrit un scotch et me pria de l'excuser car il avait quelques affaires à régler à la réception.

J'ai la fâcheuse habitude d'aimer mon whisky avec beaucoup de glaçons et profitai de l'absence de Hans pour me servir dans son frigo. J'ouvris la porte et, grands dieux !, six taïpans engourdis me dévisagèrent en se lovant lentement les uns contre les autres. Je doute fort que, dans toute l'histoire de l'humanité, on ait refermé une porte de frigo plus rapidement.

Mon choc était tel que je descendis mon whisky sans glace. Puis Hans revint.

— Savez-vous que votre frigo est plein de serpents mortels ? lui demandai-je.

Le pauvre homme se raidit. Figé sur place, il pâlissait à vue d'œil. Je crus tout d'abord qu'il découvrait un complot minutieux visant à l'éliminer, mais je compris vite que son effroi était de nature différente.

— Comment vous en êtes-vous aperçu ? me dit-il d'un ton affligé.

— Vous voulez dire que vous êtes courant ?

— Bien sûr que je suis au courant. C'est moi qui les y ai mis. Vous croyez peut-être qu'ils y sont allés tout seuls ?

Je n'avais pas de réponse à cette question. Je me contentai donc de rester assis et de le dévisager. Il traversa la chambre, se pencha et me scruta du regard.

— Je dois vous confier un secret, souffla-t-il d'une voix rauque. Vous devez me jurer de ne parler de ces serpents à personne.

Ma foi, si un homme choisit de garder des serpents venimeux dans son frigo, il me semble que ça le regarde, et je m'empressai donc de donner ma parole.

Il me raconta alors comment il les avait achetés et m'expliqua qu'il allait les congeler pour pouvoir les faire sortir en fraude du pays. En diminuant suffisamment la température d'un corps de serpent et en la maintenant basse, l'animal entre apparemment dans un coma dont on peut le sortir en le réchauffant.

Rien de tout ça ne m'inquiétait particulièrement. Si ce Teuton timbré voulait expédier une caisse entière de serpents givrés à l'étranger, je m'opposais au principe en tant que défenseur d'une espèce protégée, mais d'un autre côté, je n'étais fan ni des taïpans ni d'une autre poignée de spécimens de la faune australienne. Je crus toutefois bon de prévenir le type que ses bagages seraient certainement inspectés à l'aéroport et que les douaniers verraient d'un mauvais œil ces six taïpans gelés.

— Mais je le sais, me répondit l'Allemand. Vous me prenez pour un idiot ?

C'était exact, mais je choisis de me taire. Ce qu'il dit alors me fit instantanément vieillir de dix ans.

— Je vais les transporter dans la jambe de mon pantalon, annonça-t-il avec une lueur de triomphe démoniaque dans les yeux.

— Hein ? lançai-je, ce qui attestait d'une certaine éloquence, vu les circonstances.

— Dans la jambe de mon pantalon, dit-il. Vous comprenez, « pantalon » ?

Il tapota son pantalon.

— Oui, répondis-je, je comprends « pantalon ». Est-ce que vous, vous comprenez que les taïpans ont un venin mortel ?

— Bien sûr, mais quand ils sont gelés, ils sont incapables de mordre. Tenez, je vais vous montrer.

Et le bougre se dirigea vers le réfrigérateur, en ouvrit grand la porte, plongea la main à l'intérieur et en ressortit un serpent. L'animal engourdi tenta vaguement de le mordre, et après un « *Ach* », ou « *Donner und Blitzen* », ou autre, il le rejeta et en prit un autre qui avait succombé au froid.

Puis il défit le haut de son pantalon et glissa la créature tête première le long de sa jambe. Comme il était un peu trop long, il entortilla la queue et la coinça contre son ventre. Il baissa sa chemise et me jeta le regard victorieux d'un gamin qui vient juste de réussir un tour de cartes.

— Vous voyez ? Personne ne peut savoir qu'il est là.

C'était exact. Son pantalon bouffant masquait toute trace de présence du reptile.

— Mais... six d'entre eux ? soufflai-je.

— Facile. Trois dans chaque jambe. Vous voulez que je vous montre ?

— Non ! Non ! hurlai-je. Remettez cette saleté dans le frigo et profitez-en pour me sortir les glaçons.

Il enleva le serpent de son pantalon, le replaça tranquillement avec les autres et eut la gentillesse de repousser un des reptiles qui sifflait pour attraper mes glaçons.

— Écoutez-moi bien, mon ami, lui dis-je avec autorité dès que j'eus repris du whisky pour faire flotter mes glaçons ; si un seul de ces foutus serpents se réveille dans l'avion, vous êtes un homme mort.

— Ils ne se réveilleront pas, avança-t-il d'un ton assuré. Je descendrai à Denpasar et je les enverrai en Allemagne dans une caisse ordinaire. Ils n'ont pas toutes ces restrictions douanières ridicules en Indonésie. Le vol de Darwin à Denpasar ne prend pas très longtemps et ils vont dormir trois heures, peut-être même quatre.

Vous pouvez imaginer ce que je ressentais à l'idée de monter dans le même avion qu'un homme avec six taïpans dans le pantalon, mais j'étais piégé. J'avais promis de ne mentionner à personne la présence des serpents, et je ne m'engage jamais à la légère. Par ailleurs, cet énergumène était un scientifique et il savait probablement ce qu'il faisait.

Je priais intérieurement pour qu'un douanier inspiré entreprenne une fouille corporelle, même si la découverte de six taïpans à cet endroit risquait fort de lui être fatale.

Je me contentai donc de descendre beaucoup plus du whisky de l'Allemand et allai me coucher.

Naturellement, je ne quittai pas Hans des yeux quand j'embarquai le lendemain et je le vis passer le comptoir des douanes et la sécurité sans encombre, un sourire teutonique fixé au visage, mais rien d'autre ne le distinguait des autres passagers si ce n'est que, à mon œil averti, il semblait avancer avec une certaine raideur. Tout le monde devait évidemment attribuer cela à une vieille blessure de guerre.

Il portait le type de pantalon allemand resserré et enfoncé dans les chaussettes pour que rien ne puisse tomber. J'imagine qu'il tenait les reptiles par la queue, enfoncés dans l'élastique de son slip tendu par sa considérable panse.

Vous devinez la suite : je me retrouvai assis à côté du type. L'avion était plein : impossible de changer de place. Comme je l'ai dit, c'était un costaud, je suis moi-même assez bien enveloppé, et nos jambes se retrouvèrent collées l'une à l'autre.

Je jure que j'ai perdu plus de six kilos en quelques minutes, redoutant à tout instant de voir surgir trois paires de crochets mortels qui déchireraient la jambe de son pantalon, la mienne et plongeraient dans ma tendre et précieuse chair.

Il ne m'adressa pas la parole. Il semblait légèrement gêné d'être assis à côté de moi, ce qui était bien compréhensible, et je passai la première moitié du trajet dans un état de terreur absolu, essayant de me recroqueviller loin de lui, quasi incapable de quitter des yeux ces jambes boursouflées qui, à mes yeux affolés, semblaient grouiller et se tortiller en permanence.

L'Allemand poussa soudain un grognement de douleur et se plia en deux en se tenant le ventre.

« Oh, mon Dieu ! » pensai-je.

Il était temps de revenir sur ma parole. Je me mis à gesticuler pour appeler l'hôtesse de l'air, tout en me demandant, même dans le feu de l'action, comment j'allais pouvoir lui expliquer que mon compagnon avait été mordu par un taïpan à l'intérieur de son pantalon.

Mais l'Allemand me retint le bras.

— Non, dit-il, ce n'est rien. Un simple problème digestif. Il faut que j'aille aux toilettes.

Il se leva, se pressa contre moi et descendit tout l'appareil pour aller aux toilettes. Je l'observai, totalement horrifié, mais j'étais incapable d'imaginer comment il allait se débrouiller pour utiliser les W.-C. avec ses six serpents.

Il resta enfermé une bonne dizaine de minutes et il en ressortit, l'air très mal en point. Son visage était pâle et il titubait légèrement. Il parcourut la moitié du chemin et s'effondra soudain à plat ventre dans l'allée.

Deux hôtesses se précipitèrent à sa rescousse, et, comme de bien entendu, je bondis vers elles en hurlant :

— Non ! Non ! Ne le touchez surtout pas ! Cet homme est plein de taïpans !

Les hôtesses ne manquèrent pas de trouver cette déclaration incompréhensible, mais j'étais déjà penché sur l'Allemand déchu, attendant de voir les taïpans surgir de son pantalon, repoussant tout le monde à grand renfort de gestes et criant :

— Je vous dis qu'il a des taïpans dans son pantalon, écoutez-moi ! Des taïpans dans son pantalon !

Puis l'Allemand s'assit et me lança un regard plein de reproches :

— Vous m'aviez promis...

— Je sais bien, mais merde enfin, il arrive un moment où... Écoutez, vous vous êtes fait mordre. Ces saletés se sont réveillées. Elles vont grouiller dans tout l'avion en un rien de temps.

— N'importe quoi, répondit l'Allemand. J'ai la diarrhée, voilà tout.

Les hôtesses avaient entre-temps alerté le capitaine, copilote ou Dieu sait qui, lequel, plutôt raisonnablement, exigeait de savoir ce qu'était que tout ce bazar.

Prenant un air des plus posés, je lui expliquai que cet homme avait six taïpans dans le pantalon et que j'avais toute raison de croire qu'il avait été mordu. Plusieurs rangées de passagers m'entendirent et firent soudain preuve d'un intérêt considérable et d'une certaine agitation.

— Est-ce vrai ? demanda le pilote à l'Allemand.

Hans se releva, me jeta un regard plein de mépris, défit sa ceinture d'un coup et laissa son pantalon tomber autour de ses chevilles. Il n'y avait aucune trace de serpent, seulement un caleçon long et grisâtre.

Je suis rarement décontenancé, mais tandis que je bafouillais des histoires de taïpans, que les hôtesses observaient un Allemand furieux, le pantalon baissé, sous les yeux de l'ensemble des passagers qui se pressaient maintenant dans les allées, j'étais très décontenancé.

J'observai le caleçon moulant d'Hans ; il était impossible d'y dissimuler des serpents. Je compris soudain.

— Il les a cachés dans les toilettes ! criai-je. Voilà ce qui s'est passé. Il les a libérés dans les toilettes. Mais bon sang, allez-y, vous verrez bien !

Le pilote avait beau être persuadé de ma folie, il faut être courageux pour ouvrir la porte de toilettes qui, d'après la rumeur, sont infestées de taïpans. Mais il l'ouvrit. Derrière lui, l'Allemand et moi-même maintenions une distance de sécurité raisonnable.

Il n'y avait pas la moindre trace de taïpan dans les W.-C.

Le pilote me lança un regard accusateur, Hans me dévisagea avec mépris et les hôtesses avec grand effroi.

— Il a peut-être tiré la chasse, annonçai-je sans grande conviction.

Le pilote examina les toilettes. Ce n'était pas le genre de W.-C. où l'on pouvait faire disparaître des serpents. Il hocha la tête et ferma la porte.

— Allons, allons, c'est fini, tout le monde se calme et reprend sa place, dit-il d'un ton apaisant.

Je n'étais que trop content d'obéir et Hans, qui avait remonté son pantalon, revint prendre son siège à côté de moi, sans m'adresser la parole.

— Qu'est-ce que vous en avez fait ? sifflai-je.

— Je ne ferai plus jamais confiance à un Australien, me dit-il avec une sombre dignité teutonique.

— Si ça vous chante. Mais qu'est-ce que vous avez fait des serpents ?

— Ça ne vous regarde absolument pas, mais il s'avère que j'ai sous-estimé le degré de température du frigo et qu'ils sont tous morts de froid. Il était donc inutile de les amener.

Puis il se tourna avec rigidité vers le hublot et s'enferma dans un silence offensé.

Je m'effondrai dans mon siège et fis signe à l'hôtesse. Je ne voulais qu'un whisky, mais elle ne pouvait pas le savoir et garda soigneusement ses distances. L'Allemand ne prononça que cinq mots de plus pendant tout le voyage.

— Vous êtes un véritable mufle, me jeta-t-il en arrivant à Denpasar.

Table

NORD COMPO
multimédia

Composition et mise en pages
Nord Compo à Villeneuve-d'Ascq

Les Éditions Flammarion sont investies dans une démarche active pour l'empreinte environnementale de leurs parutions.
Ainsi, le livre que vous tenez entre vos mains a été imprimé en France sur des papiers issus de forêts gérées durablement, par un imprimeur engagé dans la protection de l'environnement.

Imprimé en France par CPI en août 2025

Dépôt légal : octobre 2025
N° d'édition : 658171-0
N° d'impression : 184811